AtV

LYDIA ADAMSON ist das Pseudonym einer bekannten amerikanischen Krimiautorin. Bisher im Aufbau Taschenbuch Verlag erschienen: »Eine Katze kommt selten allein«, »Eine Katze macht Theater«, »Eine Katze im Wolfspelz«, »Eine Katze bittet zum Tee«, »Eine Katze hinter den Kulissen«, »Eine Katze schlägt den Takt«, »Eine Katze ist kein Engel«, »Eine Katze sitzt im Glashaus« und »Eine Katze lädt zur Weihnachtsgans«.

Alice Nestleton braucht dringend einen Job. Lange hat es mit einer Rolle weder beim Theater noch beim Film geklappt, nicht einmal Angebote fürs Catsitten gehen bei ihr ein. Da kommt es Alice sehr gelegen, daß die Besitzerinnen einer eleganten New Yorker Modeboutique sie und ihre wohlproportionierte Nichte bitten, die neue Kollektion zu präsentieren. Doch Alices erste Foto-Session endet mit einem mysteriösen Todesfall. Es scheint als handele es sich um ein besonders perfekten Mordfall. Alice taucht ein in die schillernde, schöne, verrückte Scheinwelt der schicken und ausgeflippten Outfits und der reichen und berühmten Modeleute – und bringt damit ihre Liebe und ihr Leben in Gefahr.

Lydia Adamson

Eine Katze auf dem Laufsteg

Kriminalroman

Aus dem Amerikanischen
von Christine Pavesicz

Aufbau Taschenbuch Verlag

Titel der Originalausgabe
A CAT IN FINE STYLE

ISBN 3-7466-1177-6

1. Auflage 1999

Umschlaggestaltung Torsten Lemme unter Verwendung eines Fotos von K & Vikki Hart, The Image Bank
Druck Elsnerdruck GmbH, Berlin
Printed in Germany

KAPITEL 1

»Das ist ja völlig verrückt«, sagte Basillio und rieb sich die Hände. »Ich weiß gar nicht, warum das eigentlich *mich* so nervös macht. Schließlich tue ja nicht ich so was Blödes.«

»Vielleicht hat Tony recht, Tante Alice. Ich komme mir sehr dumm vor.«

Die mit Farbspritzern übersäten Türen des altersschwachen Aufzugs schnappten lautstark hinter uns zu.

Also hielten sowohl meine Nichte als auch mein Freund Tony Basillio diese Aktion für dumm. Was konnte ich sagen? Es war nicht einfach, ein Gegenargument zu finden.

So komisch es klingt, Alison und ich waren auf dem Weg zu Aufnahmen für Modefotos. Das Motto lautete: fotogene Frauen verschiedener Generationen führen Originalmodelle von zwei fashionablen Innenstadt-Couturiers vor. Mütter und Töchter würden in aufeinander abgestimmten Ballkleidern, Großmütter und Enkelinnen in seidenen Baseballjacken posieren. So in der Art.

Und Alison und ich sollten die gleichen knappen BH-Tops vorführen. Denn das war der letzte Schrei – Unterwäsche als Tageskleidung zu tragen.

Dumm? Nun, ich kam mir wohl wirklich ein bißchen dumm vor. Aber man bot uns für ein paar Tage

Arbeit ein unglaublich gutes Honorar an, und ich hatte mich schrecklich abgequält, um für die Kamera zwölf Pfund abzunehmen. Also würde ich nicht wieder in diesen entsetzlichen Aufzug einsteigen und heimgehen.

Grace Ann und Samantha Collins, die beiden Schwestern und Modeschöpferinnen, die vor kurzem in der Modewelt ganz groß rausgekommen waren, hatten mich schon des öfteren als Catsitterin engagiert. Sie hatten jahrelang eine kleine Boutique in Chelsea betrieben, in der sie einem sehr loyalen und überaus wählerischen, aber recht begrenzten Kundenkreis ihre Kleider aus handgewebten Wollstoffen, exquisiten Seidentücher und perfekt geschnittene Röcke für berufstätige Frauen verkauften. Ich selbst nenne nur ein einziges, kostbares Stück der Collins-Schwestern mein eigen: einen langen, mitternachtsblauen Samtrock, ein Weihnachtsgeschenk von einer Freundin, die nach dem Tod ihres Mannes mehr Geld als Verstand hatte und für die das Einkaufen zum Lebensinhalt geworden war.

Jahrelang kamen die talentierten Collins-Schwestern mehr schlecht als recht gerade so über die Runden. Und auf einmal, aus welchem Grund auch immer – vielleicht auch völlig grundlos –, gelang der Boutique Ariel (nach ihrer Mutter genannt) und damit den beiden Schwestern der Durchbruch. Im vergangenen Jahr oder so hatten sie für mehr als zwei Dutzend prominente New Yorker Bräute das Hochzeitskleid entworfen. Sie kamen jetzt in allen »maßgeblichen« Publikationen der Branche vor, und man konnte ihre Kleider immer öfter an erstklassigen Trägerinnen bei erstklassigen gesellschaftlichen Ereignissen in erstklassigen Restaurants sehen.

Aber was um Himmels willen hatte die Welt der

Society-Bräute, der Klatschspalten und der Modefotos in *Harper's Bazaar* mit mir zu tun? Nichts. Absolut nichts. Als mich Grace Ann Collins vor etwa einem Monat anrief, nahm ich daher an, sie wolle mich als Catsitterin für Bobbin engagieren, den großen Blue-Point Himalayakater, mit dem ich vor einigen Jahren, als die Schwestern auf Einkaufsreise in Savannah waren, so viel Spaß gehabt hatte.

Aber weit gefehlt. Grace Ann wollte mich fotografieren! Sie und Samantha machten gerade Werbung für eine umfassende, von Dessous inspirierte neue Modelinie, die bei den modebewußten jungen – und weniger jungen – Frauen der letzte Schrei war.

»Alice«, hatte sie gesagt, »was Mode anlangt, sind Sie ein fast hoffnungsloser Fall. Aber Ihr milchfarbener Teint interessiert uns. Und Ihr Körper. Besonders natürlich Ihre phantastischen langen Beine. Ich weiß einfach, daß Sie in unseren luftigen kleinen Creationen umwerfend aussehen werden. Und seien wir ehrlich, meine Liebe, welche Frau wünscht sich nicht eine Session mit Fliss?«

»Fliss? Was ist das – ein Insektenspray?«

»Fliss Francis! Fliss Francis!« hatte sie fassungslos geantwortet. Hieß denn das, daß ich noch nie von dem preisgekrönten britischen Fotografen gehört hatte? Dem Mann, der mich unsterblich machen würde, wie Grace Ann versprach.

Alice Nestleton ein Model. Das war ganz offensichtlich absurd, und ich war drauf und dran, ihr das zu sagen. Aber dann nannte sie ein astronomisches Honorar, das ich für diesen Auftrag bekommen würde. Ich sagte, ich würde es mir überlegen.

Drei Tage später rief mich Grace Ann wieder an. Sie und Samantha hatten es sich in den Kopf gesetzt, mich als Model zu bekommen, meinen Körper, mit allem

Drum und Dran. Und das Honorar war noch höher geworden. Bevor sie auflegte, hatte ich ihr auch die Telefonnummer meiner Nichte gegeben. Wenigstens hatte Alison schon von Fliss Francis gehört.

Und so kam es, daß wir jetzt in diesem wunderschönen renovierten Gebäude in der Greene Street waren – na ja, alles war renoviert außer dem nervenaufreibenden Aufzug. Die heutige Fotositzung fand in einem mondänen Loft in SoHo statt, welcher einem Mann namens Niles Wiegel gehörte, der meines Wissens weder Künstler noch Fotograf noch Designer noch Indianerhäuptling war. Er war einfach ein Mann mit Geld, den andere Leute mit Geld kannten. So etwas gibt es wahrscheinlich nicht nur in SoHo, aber mir kam es jedenfalls so vor.

Die Tür zum Loft ging auf und gab den Blick auf hektische Betriebsamkeit frei. Eigentlich unterschied sich die Szene gar nicht so sehr von der Atmosphäre hinter den Kulissen eines Theaters ein paar Tage vor der Premiere. Es gab Scheinwerfer, Kulissen, Kleiderständer und Pappkartons, die aufeinandergestapelt, beiseitegeräumt oder wahllos hingestellt worden waren. Ein halbes Dutzend Leute hastete nervös und scheinbar ziellos in der Wohnung umher.

Ich entdeckte Samantha Collins – bis zu den Knien in Chiffon, musterte sie kritisch ein Nachthemd mit Spaghettiträgern auf einem satinbezogenen Kleiderbügel.

Sowohl Samantha als auch Grace Ann waren reizende, clevere Frauen. Beide Anfang Fünfzig, beide jünger aussehend, beide gertenschlank. Beide waschechte New Yorkerinnen, wenngleich in Mississippi geboren, wo ihre ehrgeizige Mutter, eine zerbrechlich wirkende, aber knallharte Frau aus einer jener legendären »guten« Südstaaten-Familien, sie in nobler Armut großgezogen hatte.

Doch während Grace Ann sehr selbständig, redselig und gewitzt war – eine Art moderne Südstaatenschönheit –, agierte Samantha mehr im Hintergrund. Sie erledigte einen Großteil der Näharbeiten und kümmerte sich lieber um den beeindruckenden Garten hinter der Wohnung im Erdgeschoß eines Sandsteinhauses, die die beiden seit etwa fünfundzwanzig Jahren teilten, als mit Herausgebern von Modezeitschriften essen zu gehen.

»Alice, Alice, Alice!« hörte ich jemanden mit kaum merklichem Südstaatenakzent meinen Namen rufen.

In einem vollendeten schwarzen Strick-Trägerkleid mit weißer Bluse und altmodischen hohen, geknöpften Schuhen schwebte Grace Ann auf uns zu. Sie hauchte zuerst mir und dann Alison ein Küßchen auf beide Wangen.

»Grace Ann«, sagte ich, »das ist mein ... das ist Tony Basillio.«

»Mein Gott, sind Sie aber ein gutaussehender Mann!« sagte sie wie aus der Pistole geschossen.

Tony räusperte sich und gab ihr die Hand.

»Ich hoffe, es ist okay, daß ich Tony mitgebracht habe. Er war wahnsinnig neugierig, und ich dachte, es würde niemand etwas dagegen haben.«

»Natürlich nicht. Einen kräftigen Rücken können wir immer brauchen.«

Alison grinste.

»Fliss ist noch nicht da«, sagte Grace Ann. »Ich kann Unpünktlichkeit nicht ausstehen, Sie? Außer natürlich bei einem Genie. Kommen Sie jetzt mit, ich stelle Ihnen die anderen vor.«

Inzwischen hatte uns Samantha bemerkt und winkte geistesabwesend in unsere Richtung.

Jetzt lief ein dünner, ganz in schwarzen Kaschmir gekleideter Mann von etwa fünfunddreißig durch den

Raum und rief uns über die Schulter eine Begrüßung zu. Er hatte einen Krug mit Tomatensaft in der Hand.

»Das war Niles«, erklärte Grace Ann. »Er und Lainie haben uns freundlicherweise gestattet, ihre Wohnung einen Tag in Beschlag zu nehmen. Und damit komme ich zu –«

Grace Ann verstummte und griff nach der Hand des großen Mannes in perfekt sitzenden Jeans, der von hinten an sie herangetreten war.

»– damit komme ich zu meinem bezaubernden Freund Hector. Hector Naciemento. Er und Niles sind alte Freunde.«

Aus der Art, wie sie ihre Finger in seine schlang und in seine feuchten Augen aufblickte, war klar, daß er mehr war als ein »bezaubernder Freund«. Sieh mal einer an – wie meine Großmutter zu sagen pflegte, wenn man ihr etwas Pikantes erzählte. Grace Ann hatte also einen jüngeren Liebhaber.

Hector war ein Mann von vollendeter Schönheit mit großen, hinreißenden Augen von der Farbe von Espresso und mit makelloser gebräunter Haut. Die hochgeschobenen Ärmel seines weißen Sweatshirts hoben die Muskeln seiner Oberarme hervor wie die Saphireinfassung auf einer Damenbrosche den prachtvollen Diamanten. Alisons Gesicht erstrahlte zu einem 14-karätigen Lächeln, als er bei der Begrüßung ihre Hand liebkoste. Tony wirkte fast peinlich berührt und blickte zu Boden, als er ihm die Hand gab. Mir gegenüber murmelte Hector, er habe gehört, wie reizend ich sei, aber ich hörte ehrlich gesagt nicht wirklich zu. Sein gutes Aussehen hatte etwas fast Hypnotisches.

»Und das ist Penny Motion«, hörte ich Grace Ann sagen. »Sie wird Ihnen beim Make-up helfen.«

Penny Motion hätte ein ebenso attraktives Exemplar

junger weiblicher Schönheit sein können wie Hector ein Bild männlicher Schönheit war. Doch die Art, wie sie sich herrichtete, beeinträchtigte das entschieden. Sie hatte auf ihr Gesicht so viel Make-up aufgelegt, daß es aussah wie Kleister, ihre wunderschönen hellgrünen Augen schienen hinter dick aufgetragenen schwarzen Strichen zu verschwinden, und ihr Lippenstift war von einem grauenvollen lilastichigen Schwarz. Ihre Jeans hatten mehr Löcher als Stoff, und an den Füßen trug sie schwere Armeestiefel ohne Schnürsenkel, die aussahen, als hätten sie in mindestens zwei langen Kriegen aktiven Dienst versehen.

Penny nickte uns dreien kurz zu und ließ einen schweren Koffer in Hectors Arme plumpsen. Er schenkte ihr ein nachsichtiges Lächeln und folgte ihr dann zu einem Schreibtisch in einer Ecke des Raumes.

»Kann ich jemandem eine Bloody Mary bringen?«

Diese Frage kam von einer nett aussehenden Frau, die meiner Meinung nach kaum dreißig Jahre alt war, ebenfalls strenges SoHo-Schwarz trug und ihr rotbraunes Haar zu einem Pferdeschwanz gebunden hatte.

»Hallo, ich bin Lainie Wiegel«, sagte sie. »Aufregend, nicht wahr? Sind alle bereit für Fliss?«

Bevor ich antworten konnte, kam Samantha Collins und nahm mich am Arm. »Also schön, Alice, Alison, sehen wir mal, was wir hier haben.«

Das war ihre Art, zu sagen, daß es für uns Zeit zum Umziehen war. Sie nahm ein rüschenbesetztes Bettjäckchen und hielt es an Alisons Gesicht, als wolle sie prüfen, ob die Farbe zu meiner Nichte paßte.

Nur Tony nahm Lainies Angebot an und sagte, er hätte gerne einen Drink. Ich sah, wie sie im Küchenbereich verschwanden. Samantha öffnete den Reißverschluß meines langweiligen Kordkleides. »Nun, meine Liebe«, sagte sie, »lassen Sie sich mal ansehen. Hmm. Haben Sie nicht *unzählige* Pfunde abgenommen? … Oh … Nein, doch nicht.«

Ich lachte trotz dieses Tiefschlags. »Ich habe mein Bestes getan, Samantha.«

»Ich bin sicher, es wird alles gutgehen. Wenigstens wissen Sie, wie man geht und wie man stillsteht. Schließlich sind Sie Schauspielerin. Oh, Alice, Sie kennen ja Sidney, nicht wahr?«

Ich stand in meinem Slip da und sah zu dem älteren Mann mit Nickelbrille, der Samantha eine Schere reichte. »Nein«, sagte ich nur.

»Nein? Ich war sicher, Sie hätten sich schon kennengelernt. Also, Alice, das ist unser Anwalt, Sidney Rickover. Sidney, das ist Alice Nestleton.«

»Sehr erfreut«, sagte Mr. Rickover und wich angesichts meines halbnackten Körpers rasch zurück. Ich merkte, wie vorsichtig er die Füße hob und wieder aufsetzte, als hätte er Angst, Lärm zu machen. Woher war Sidney gekommen? Er mußte schon die ganze Zeit im Loft gewesen sein, doch ich hatte ihn nicht einmal bemerkt.

»Und das ist Alison Chevigny«, fügte Samantha hinzu. »Ist sie nicht zauberhaft?«

Sidney Rickovers Lächeln besagte, wenn Samantha das fand, dann fände er das auch.

»Samantha, ich glaube, diese Unterlagen decken jetzt alles ab«, sagte er. »Wenn Sie jetzt alle drei Kopien dieser Dokumente unterschreiben wollen –«

»Ja, Sidney, wir befassen uns noch heute damit. Ich verspreche es.«

Mr. Rickover beugte sich ein wenig vor, als wolle er Samantha auf die Wange küssen, doch in genau diesem Augenblick drehte sie sich wieder zu mir herum.

»Auf Wiedersehen, Sidney«, sagte sie.

»O nein, Sidney! Sie dürfen noch nicht gehen.« Das war Grace Ann, die sich zu uns gesellt hatte. »Sie müssen diesen Mietvertrag durchsehen, Sidney. Ich habe ein halbes Dutzend Fragen, die Sie mir einfach beantworten *müssen*, bevor ich auch nur an eine Unterschrift *denken* kann.«

»Selbstverständlich, Grace Ann.«

Damit gingen die beiden davon.

Basillio tauchte von Zeit zu Zeit irgendwo im Loft auf. Ich hörte, wie ihm Niles den Computer erklärte. Ein paar Minuten später sah ich ihn unter der Aufsicht von Penny Motion, die durch den Raum ging und dabei Anweisungen blaffte, Scheinwerfer und Kabel herumschleppen. Dann glaubte ich zu hören, wie er Lainie einen Vortrag darüber hielt, wie man Milch für einen Cappuccino aufschäumt. Nur einmal sah ich ihn in den behelfsmäßigen Umkleideraum hinter dem Wandschirm spähen, den Samantha für Alison und mich aufgestellt hatte.

Es war wie eine Theaterprobe ohne Folgeereignis. Keine Premiere, keine Aufführung. Nur eine endlose Probe. Ich wurde Samanthas Fürsorge langsam müde und verlor die Geduld mit Penny, die mir dauernd noch mehr Farbe ins Gesicht schmierte. Besonders störte mich, daß ich nicht sehen konnte, was sie mit mir anstellte. Ich dachte die ganze Zeit, sie wolle vielleicht aus mir ein schauriges Ebenbild ihrer selbst machen.

Ich sah, wie sich Alison in dem freistehenden, bodenlangen Spiegel betrachtete. In ihrem rosafarbenen BH-Top sah sie aus wie eine Mischung aus verlassenem Kind und Sexkätzchen. Sie hatte einen Gesichtsausdruck, den ich nicht richtig interpretieren konnte. War sie zufrieden mit sich, oder war sie entsetzt darüber, wo sie da hineingeraten war?

Wo *ich* sie hineingezogen hatte – so war es nämlich in Wirklichkeit. Im Laufe des Tages schämte ich mich immer mehr, daß ich sie in diese lächerliche Aktion verwickelt hatte. Ich fragte mich, ob Felix, der ältere und sehr väterliche Liebhaber meiner Nichte, mir das bis ans Ende meiner Tage vorwerfen würde.

Der betörende Duft von Kaffee italienischer Röstung erfüllte den Loft. Ich zog einen Bademantel an und holte mir eine Tasse. Nach der kleinen Pause machte ich mich auf die Suche nach dem Bad.

Gott, als ich die Schiebetür zum Schlafzimmer am Ende des Lofts aufzog, bekam ich den Schreck meines Lebens!

Es war, als wäre ein Pelzmantel lebendig geworden und ginge auf mich los.

Was da von dem Hochbett heruntersprang, und zwar direkt auf mich, war Bobbin! Der riesenhafte blaue Bobbin, der mir so groß wie ein Pony vorkam.

»Mein Gott, Bobbin! Du hast mich zu Tode erschreckt.«

Das große Fellknäuel rieb sich an meinen Knöcheln. Ich beugte mich hinunter und zerzauste ihn ein wenig.

»Ganz recht, du alter Bär. Ich bin es, Alice. Was machst du denn in dieser Wohnung?«

Diese Frage schien Bobbin zu ärgern. Hochmütig richtete er sich auf und zog sich hinter den Kleiderschrank zurück.

Als ich mich wieder zu den anderen gesellte, gingen Niles und Lainie gerade mit Tabletts zwischen den Leuten im Raum herum und boten ihnen Sandwiches und Snacks an. Tony stürzte auf mich zu.

»Schwedenmädel, ich muß gestehen, daß ich dachte, dies würde wieder eines deiner Debakel werden. Aber es ist toll!«

»Ach, findest du das, Tony, ja?«

»Ja. Ich meine«, jetzt senkte er ein wenig die Stimme, »ich habe geglaubt, das würden alles doofe Schicki-Mickis sein – zuviel Geld und kein Sinn für Ästhetik. Aber die Leute sind nett. Mit Ausnahme dieses bizarren Mädchens, meine ich. Aber sie ist auch irgendwie interessant. Irgendwie jenseits aller Worte. Lainie hat im Bennington Theaterwissenschaften studiert, wußtest du das? Und warum trägst du eigentlich nicht immer so was?« Er zeigte auf das hauchdünne Kleidchen mit Spaghettiträgern, das Samantha vorher inspiziert hatte.

»Wahrscheinlich aus demselben Grund, weshalb du nicht immer so was trägst, Tony.«

»Komm schon, ganz locker, Schwedenmädel. Ich finde, es läuft recht gut. Ich hole dir ein Sandwich. Dieser Niles hat gerade seine Spezialpastete gemacht, in diesem ... diesem Dings ... diesem Mixer-Dings.«

»Für mich keine Sandwiches. Ich will nicht, daß mich Samantha so anschaut. Ich will nur, daß dieser Fotograf endlich kommt, damit ich das alles hinter mich bringe.«

Samantha half Alison und mir in zwei aufeinander abgestimmte schlichte weiße Musselin-Slips, dann in eisblaue, schräggeschnittene Nachthemden und schließlich in gelbe Boxershorts.

Penny Motion machte ihre Arbeit gut. Sie richtete uns her wie Nutten vom Times Square und verwandelte uns danach mit Hilfe von ein paar altmodischen Lockenwicklern in sexuell ausgehungerte Prolo-Hausfrauen; sie schminkte uns sogar so, daß wir aussahen, als trügen wir überhaupt kein Make-up.

Und noch immer war Fliss Francis, das unpünktliche Genie, nicht da. Um ein Uhr kapitulierte ich und ging in die Küche, um nachzuschauen, ob noch etwas Pastete übrig war.

Niles Wiegel saß vor dem Mixer-Dings, wie es Tony genannt hatte, auf einem Küchenhocker. Zweifellos zauberte er gerade noch eine seiner Spezialitäten auf den Tisch.

»Ich wollte nachsehen«, sagte ich, »ob es noch etwas zu essen gibt. Meine Backenknochen sind mir inzwischen egal.«

Niles schwieg. Nichts wies darauf hin, daß er mich hereinkommen gehört hatte.

Also sagte ich lauter: »Entschuldigen Sie, Niles.«

Er blieb vollkommen reglos sitzen. Sein Profil sah merkwürdig aus.

Ich trat an die Arbeitsfläche. Niles' rechte Hand lag auf dem Schalter der Küchenmaschine. Ich tippte ihm leicht auf die Schulter, und er glitt geschmeidig von seinem Sitz, wie feine chinesische Seide, bis er auf dem gefliesten Boden aufschlug. Sehr hart.

O Gott. Ich machte einen Schritt zurück. Mir war plötzlich kalt.

»Ich glaube, Sie sollten hereinkommen«, rief ich in den anderen Raum.

»Wer?« antwortete Grace Ann.

»Alle.«

Ich hörte Lainie Wiegel schreien.

Tony stieß einen tiefen Seufzer aus. Und ich glaube auch einen Fluch.

Hector Naciemento und Sidney Rickover liefen zu der reglosen Gestalt.

Sidney faßte in Niles' schwarzes T-Shirt und suchte an seinem Hals nach einem Puls.

»Er ist ... Er hat keinen ... Er ist tot«, sagte der Anwalt.

Lainie schrie wieder auf und fiel in Grace Anns Arme.

Samantha schlug beide Hände vor den Mund.

»Was sollen wir jetzt tun?« fragte Hector leise.
»Jemanden anrufen?« schlug Penny vor.
Ich spürte Alisons Finger um mein Handgelenk. Sie tat mir weh. Ich führte sie sanft nach hinten, wo Tony sie übernahm.
Genau in diesem Augenblick war jemand an der Eingangstür. »Hallo! He, Niles? Jemand zu Hause?«
Fliss Francis war endlich gekommen.

KAPITEL 2

Es klopfte an meiner Tür.

Der verrückte Pancho hörte es auch. Und flitzte sofort zum Boiler. Bushy interessierte das nicht. Er war zu beschäftigt damit, sich die Krallen zu schärfen.

Ich sah mich rasch im Raum um. Nun, so, wie es war, würde es wohl genügen müssen. Das Katzenspielzeug und die aufgeschlagenen, halb gelesenen Zeitschriften und Kataloge wirkten mehr wie Requisiten als wie unaufgeräumter Krimskrams, hoffte ich.

Grace Ann Collins, die vor kaum einer Stunde angerufen und gefragt hatte, ob ich es irgendwie einrichten könne, sie heute nachmittag zu sehen, lächelte, als ich die Tür öffnete. In der Hand hielt sie ein dünnes, flaches Päckchen, das in gefärbtes Pergamentpapier gewickelt und mit einer grobgerippten moosgrünen Schleife verziert war.

»Meine liebe, liebe Alice! Lassen Sie sich doch in Ihrer neuen Umgebung ansehen! Was für eine bezaubernde Wohnung das ist!«

»Oh, vielen Dank, Grace Ann. Uns gefällt sie jedenfalls.«

Jede Unterhaltung mit Grace Ann wurde zu einem Austausch von alten Südstaaten-Floskeln. Am Ende hörte ich mich immer genauso an wie sie. Keiner wußte, wer wem was vormachte.

»Ach du liebe Güte, ja doch. Soviel ... Potential ... für ein reizvolles Ambiente.«

»Darf ich Ihnen den Mantel abnehmen, Grace Ann?«

»Danke, meine Liebe. Oh. Hier ist eine Kleinigkeit für Sie.«

Die Kleinigkeit war ein quadratisches Stück feinster Seide, in dessen linke Ecke in winzigen Buchstaben meine Initialen gestickt waren. Diese Tücher verkauften sich gut, sagte Grace Ann, und Julia, der Verkäuferin in der Boutique, machte es wirklich Spaß, sie mit ihren »niedlichen kleinen Stickkünsten« zu personalisieren.

Ich machte mit Grace Ann die Zwei-Cent-Führung durch meinen Loft und gab mit meiner Aussicht an. Sie war natürlich höflich – Grace Ann würde nicht mal bei ihrer eigenen Hinrichtung ihre guten Manieren vergessen –, aber ich hatte den Eindruck, daß sie der hohen Decke oder meiner Beschreibung der Fliesen, die ich im Badezimmer legen lassen wollte, keine allzu große Aufmerksamkeit schenkte.

Bushy hatte sich herausgeputzt und bettelte Grace Ann geradezu an, ihn zu bewundern. Doch sie nahm kaum von ihm Notiz und beugte sich nur einmal hinunter, um ihn geistesabwesend hinter dem Ohr zu kraulen.

Dann setzten wir uns hin – ich mit meinem Apfelsaft, Grace Ann mit ihrer Tasse Tee –, und ihr Gesicht nahm einen ungeheuer besorgten Ausdruck an.

»Ehrlich gesagt, Alice, die letzten paar Tage waren so ziemlich die härtesten meines Lebens.«

»Ja, das kann ich mir vorstellen. Was an jenem Tag passiert ist war furchtbar. So plötzlich. Und er war so ein junger Mann.«

»Am schlimmsten ist es natürlich für den armen Hector. Er und Niles waren so eng befreundet.«

Und was ist mit seiner Frau, du dumme Gans? dachte ich. Aber laut sagte ich: »Wie *geht* es denn Hector?«

»Er ist einfach außer sich. Vollkommen außer sich. Und das bin ich jetzt auch.«

»Was meinen Sie damit?«

»Der Autopsiebericht ist da.«

»Was steht darin?«

»Plötzliches Herzversagen. Verursacht von einem Nahrungsmittel, gegen das er extrem allergisch war: Mandeln. Sie nannten es eine akute Irgendwas-Vergiftung. Offenbar hatte er eine lebensbedrohliche Allergie gegen Mandeln. Und wie sich herausstellte, waren welche in der Pastete, die er gegessen hat – sie enthielt eine große Menge Mandelpaste.«

»Aber Niles hat diese Pastete doch selbst gemacht, nicht wahr?«

»Das ist genau der Punkt, Alice.«

»Mein Gott, was für ein schrecklicher Fehler. Es ist grotesk.«

»Genau meine Meinung, Liebes. Aber die Behörden sehen das nicht so. Jedenfalls noch nicht. Sie bezeichnen Niles' Tod nicht als Unfall.«

»Was? Wollen Sie damit sagen, sie glauben, jemand hätte die Mandelpaste absichtlich hineingetan – um ihm etwas zuleide zu tun – ihn umzubringen?«

»Das sagen sie nicht, aber schließen es offensichtlich nicht aus. Der Fall ist derzeit ungeklärt, sagen sie. Weder so noch so abgeschlossen. Weder dies noch das. Und wie sehr man auch auf sie einredet, nichts kann sie davon abbringen.«

»Das tut mir leid.«

»Ich sage Ihnen, es ist entsetzlich. Und lächerlich!«

Ich hätte Grace Ann gern versichert, daß ich sie verstand, daß ich wüßte, daß es lächerlich war, zu glauben, irgendeiner von Niles' Freunden hätte ihn umbringen wollen. Aber ich sagte nichts. Ich hatte es aufgegeben, vorherzusagen, was die Menschen einander antun würden und was nicht.

Ich starrte in meinen Apfelsaft. Aus irgendeinem Grund erschien mir die Vorstellung, wegen einer gepanschten Pastete zu sterben, soviel schlimmer als ein Tod durch Erschießen, Erdolchen oder den Strick. Es war so unerträglich banal.

Plötzlich stand Grace Ann auf.

»Oh, Alice, ich weiß, wie schrecklich selbstsüchtig ich Ihnen vorkommen muß, aber aufgrund dieser ganzen furchtbaren Geschichte mit Niles geht bei uns überhaupt nichts mehr. Zwischen den Verhören und Hectors Kummer und der armen Lainie ... also, ich weiß nicht. Es ist, als wären alle total zusammengebrochen. Selbst Samantha. Ich hätte mir nie träumen lassen, daß es sie so trifft, aber sie steht genauso unter Schock wie Hector. Wir sind ja mit dem Geschäft gerade in einer kritischen Phase – Versandtermine, die Werbekampagne, eine weitere Hochzeit – und sie haben alle einfach ... aufgehört, was zu machen.«

»Ich bin sicher, sie werden es alle verkraften«, sagte ich, »sobald der Schock über Niles' Tod nachläßt.« Ich mußte hoffen, daß diese abgedroschenen Floskeln für Grace Ann Trost genug waren. Warum versuchte ich eigentlich immer, die Leute zu trösten?

Sie schüttelte energisch den Kopf und murmelte vor sich hin: »Vielleicht halten mich alle für ein herzloses Aas, aber ich kann nicht auch noch zusammenbrechen. Ich kann nicht auch noch aufhören, was zu tun. Irgend jemand *muß* doch einfach weitermachen.« Sie sah mich flehend an. »Verstehen Sie mich, Alice? Verstehen Sie mich?«

Ich verstand sie und verstand sie auch nicht. Aber ich sagte: »Natürlich.«

»Gut. Darüber bin ich wirklich froh. Weil ich hergekommen bin, um sicherzugehen, daß Sie mit unserer begonnenen Arbeit weitermachen können, sobald Fliss Zeit hat.«

Ich starrte sie ein paar Sekunden verständnislos an. So lange brauchte ich, bis ich begriff, was sie damit meinte: daß sie von mir erwartete, daß ich wieder in diese spitzenbesetzten, teuren Dessous schlüpfte und mich fotografieren ließ. Daß ich Penny Motion erlaubte, mir wieder Make-up auf den Körper zu kleistern. Seltsam, wie leicht ich all das vergessen hatte. Der plötzliche, schreckliche Tod von Niles Wiegel hatte das alles ausgelöscht.

»Oh«, sagte ich. Es klang dämlich. »Also –«

»Bitte, Alice! Sie wollen doch nicht sagen, daß Sie andere Verpflichtungen eingegangen sind?«

»Nein.«

Sie setzte sich wieder hin.

»Gott sei Dank, wenigstens das nicht.« Grace Ann stellte ihre Teetasse ab und öffnete den Verschluß ihrer Handtasche. »Liebes, würden Sie die Polizei holen, wenn ich nur eine einzige Zigarette rauche?«

»Rauchen Sie nur, Grace Ann.« Ich schob ihr eine Untertasse hin.

»Was für eine Erleichterung«, sagte sie.

Ich wußte nicht, ob sie damit den ersten Zug an ihrer Zigarette meinte oder meine Erklärung, daß ich keine anderen Verpflichtungen hatte. Was für Verpflichtungen? Mir war seit Monaten kein Job angeboten worden. Gott weiß, als Model zu arbeiten war das letzte, was ich wollte. Ich dachte daran, wie dumm ich mir in dem weißen Musselin-Teddy vorgekommen war, und ich erinnerte mich an den unergründlichen Ausdruck auf Alisons Gesicht, als sie sich im Spiegel betrachtete.

Aber abgesehen von all dem brauchte ich das Geld, und die paar Stunden Arbeit am Tag von Niles' Tod würden mir nur einen Bruchteil des Honorars bringen, das man mir für den Job zugesagt hatte. Natürlich brauchte ich das Geld. Aber ich war nicht am Verhungern. Mein Vermieter, der zufällig der Liebhaber meiner Nichte Alison war, bezahlte fast *mich* dafür, daß ich in seinem Haus wohnte. Das Geld für die Arbeit als Model konnte jedoch einen großen Unterschied bedeuten: zwischen einem Winter mit alten Stiefeln und dieser papierdünnen Chenille-Bettdecke und einem Winter mit neuen Manolo Blahniks und jener phantastischen Daunendecke in dem Schaufenster in der Hudson Street.

Außerdem wäre es in einer Zeit wie dieser doppelt schwer gewesen, Grace Ann und Samantha etwas abzuschlagen – wo sie doch offensichtlich gerade jetzt jede Hilfe brauchen konnten. Wo sie offensichtlich ihre Freunde brauchten. Ganz abgesehen von dem Schock über Niles' Tod war dies, wie Grace Ann gesagt hatte, eine kritische Zeit für ihr Geschäft.

Halbherzig sagte ich: »Ich sollte wohl meine Nichte anrufen und sie fragen, wie ihr Terminkalender aussieht.«

»Alison sagte, daß sie auf unseren Anruf wartet. Hat absolut nichts vor, sagte sie. Was für ein reizendes Kind sie doch ist! Und dieser Knochenbau!«

»Ich weiß.«

Als sie gegangen war, trank ich meinen Apfelsaft aus. Er schmeckte ganz leicht nach Mandeln. Ich schauderte. Dann mußte ich lachen, weil sich mein Maine-Coon-Kater wieder in Pose gesetzt hatte – diesmal neben der Tür. Sehr aufrecht saß er da, in einer Positur, die auszudrücken schien: »Bin ich nicht der prachtvollste Kater, den du je gesehen hast?«

KAPITEL 3

Die Trauerfeier fand in einer schlichten steinernen Kapelle in der West 19th Street statt. Sie war kurz, und die Trauergäste waren recht zahlreich erschienen. Sagte man mir. Niles Wiegel wurde in einem Familiengrab irgendwo in Queens beigesetzt. Sagte man mir. Ich nahm weder an der Trauerfeier noch am Begräbnis teil, aber ich schickte Blumen.

Ja, ich hatte mich bereiterklärt, wieder als Model zur Verfügung zu stehen, wann immer Fliss Francis Zeit hatte, aber ich saß nicht nur neben dem Telefon und wartete auf den Anruf der Collins-Schwestern. Ich streckte meine Fühler nach Jobs als Schauspielerin aus. Bis jetzt sah das Terrain äußerst unergiebig aus.

Manche Menschen finden, eine Schauspielerin ohne Textbuch ist keine Schauspielerin. Und was ist mit einer Catsitterin, die keine Katze zu betreuen hat? Im Augenblick hatte ich keine Klienten. Ich wußte nicht, warum, aber ich verspürte das dringende Bedürfnis nach irgendeinem Job, auf der Stelle.

Ich hatte gerade einen Auftrag hinter mir, der mich jeden Tag nach Brooklyn Heights geführt hatte. Mein Schützling war eine sehr ungewöhnliche ältere Katze, Brownie. Sie war schon lange blind und sah jetzt aus wie ein antikes Orakel. Brownie konnte schneller als jede andere Katze, die ich je gekannt hatte, meine Tasche erkunden und die Catnip-Maus erschnüffeln.

Doch jetzt waren die Shipmans von ihrem Urlaub in Florenz zurück, und ich war irgendwie traurig darüber.

Tony Basillio war ebenfalls arbeitslos. Aber nicht gänzlich verarmt. Und auch nicht obdachlos, weil er in die Wohnung in der East Side eingezogen war, in der ich gelebt hatte, bevor ich in meinen Loft im West Village übersiedelt war. Zum Glück hatte Tony im Sommer einen festen Job gehabt; er hatte als Berater einer neuen experimentellen Theatergruppe, die von einer großzügigen Stiftung finanziert wurde, ein fettes Honorar bekommen. Und keinen geringen Anteil an Tonys Liquidität machten die paar hundert Dollar aus, die er bei einem Ausflug mit einem alten Freund von uns – ebenfalls ein Schauspieler – auf der Belmont-Rennbahn gewonnen hatte.

Wenn ich mit Basillio zusammen war, kam ich mir oft vor wie ein Kind, das die Schule schwänzt. In letzter Zeit waren wir viel in Museen gewesen. Wir hatten viele winzige Kellertheater besucht und uns Einakter angesehen, die in den sechziger Jahren als revolutionär gegolten hatten. Und Nachmittagsvorstellungen im Kino. Und sogar ein Benefiz-Basketball-Spiel unter freiem Himmel.

Und da Basillio eben Basillio war, tauchte er manchmal am Nachmittag in meiner Wohnung auf und schlug Dinge vor, die es überhaupt nicht erforderten, die Wohnung zu verlassen.

Es war ja alles recht angenehm, aber meiner Meinung nach benötigten wir beide einen Job.

An jenem Herbstnachmittag gingen wir meilenweit spazieren. Ich war nicht in Stimmung, viel zu reden, aber darüber brauchte ich mir keine Sorgen zu machen. Tony war – selbst für seine Verhältnisse – ungewöhnlich gesprächig. Er erläuterte das schwindende Interesse an

Brecht und seine Auswirkungen auf die Bühnenbildner der ganzen Welt.

Wir waren mit ein paar Sandwiches in den Central Park gegangen und schlenderten dann zu einem Wiederaufführungskino – einem der letzten zwei in Manhattan, glaube ich –, wo wir einen alten französischen Thriller sahen, *Die Schlafwagenmorde*, mit Montand, der Signoret und Trintignant.

Wir kamen erst am frühen Abend in den Loft zurück. Ich war erschöpft. Doch Tony hatte noch immer überschüssige Energien. Nachdem ich Kaffee gemacht hatte, beendete er schließlich den Monolog, den er den ganzen Tag lang gehalten hatte, und seine Gesprächigkeit wurde von seinen amourösen Gefühlen abgelöst.

Eine Zeitlang standen wir in der Küche und küßten uns.

Als wir gerade den Vorhang vor das riesige Fenster neben meinem Bett zogen, läutete das Telefon.

»Heb nicht ab, Schwedenmädel«, bat Tony.

»In Ordnung. Soll es der Anrufbeantworter übernehmen.«

Ich schleuderte die Schuhe von den Füssen und lauschte meiner eigenen Stimme auf dem Tonband. Dann kam der Piepton. Dann nichts. Zumindest ein paar Sekunden lang.

Basillio und ich standen lauschend da und warteten darauf, daß der Anrufer etwas sagen möge. Ich hielt einen Schuh in der Hand. Er hielt den Staubwedel, dessen langen Griff wir dazu benutzt hatten, die Vorhangstange zu erreichen und den Vorhang zuzuziehen.

Als die Anruferin endlich etwas sagte, war ihre Stimme tränenerstickt.

»Hallo. Hallo. Miss Nestleton. Bitte. Hier ist Lainie Wiegel. Ich muß Sie so bald wie möglich sprechen.

Hören Sie, Miss Nestleton. Wenn Sie da sind, heben Sie bitte den Hörer ab. Es ... es tut mir leid ... Wirklich, es tut mir leid ... aber ich weiß nicht, was ich sonst tun soll.« Dann versagte ihr die Stimme, und sie begann zu schluchzen.

Tony seufzte. »Oh, Mann.«

»Genau. Ich hätte es nicht besser ausdrücken können«, sagte ich.

Tony hob den Staubwedel, fuhr mit dem Griff über die Vorhangstange und ließ das verzauberte Abendlicht wieder ein.

Ich war alles andere als froh darüber, wieder auf der Straße zu sein. Egal, aus welchem Grund. Doch Lainie war am Rande der Hysterie gewesen, und ich hätte mich unmöglich ruhigen Gewissens weigern können, zu ihr zu kommen.

Ich konnte es in Basillios Augen lesen: ich hatte zugelassen, daß Lainie den Abend ruinierte, den wir mit Sex (und zweifellos mit Reden) verbracht hätten und auf den er sich gefreut hatte. Aber ich wußte, er würde nicht lange sauer auf mich sein.

»Komm schon, Basillio«, sagte ich besänftigend, als wir die Sixth Avenue überquerten. »Hab Geduld. Und wenn wir nach Hause kommen, sehen wir mal nach, ob wir nicht diesen schwarzen Schal finden, auf den du so stehst. Und die hochhackigen Lackstiefel.«

»Sehr witzig, Schwedenmädel. Aber dabei fällt mir etwas ein.«

»Was denn?«

»Wie kommt es, daß du so selten lustig bist?«

»Wie bitte?«

»Wie kommt es, daß du nicht mehr Witze machst? Ich meine, es ist ja nicht so, daß du keinen Sinn für Humor hast.»

»Tony, jeder, der so lange mit dir befreundet ist wie ich, muß einen Sinn für Humor haben.«

Er zuckte die Achseln.

Wir bogen in die Greene Street ein und kamen zu dem Gebäude mit dem gefährlichen alten Aufzug. Ich drückte auf den Knopf, genau wie an jenem Tag, als wir die Fotoaufnahmen abgebrochen hatten. Endlich kam das Ungetüm. Als die Aufzugtüren schließlich aufgingen, stand Lainie Wiegel persönlich drinnen.

Ihr Gesicht war schrecklich verquollen. Sie hatte sich völlig ausgeweint, hoffte ich.

Sobald wir im Loft waren, begann sie zu reden. Ihre Stimme schien mit jedem Wort wieder mehr ihren normalen Tonfall, ihre alte Kraft anzunehmen.

»Sie haben wahrscheinlich inzwischen von einer der Collins-Schwestern gehört, daß die Polizei glaubt, Niles' Tod könne entweder ein Unfall gewesen oder absichtlich herbeigeführt worden sein.«

»Ja«, antwortete ich. »Grace Ann hat es mir erzählt.«

»Also, ehrlich gesagt, ist mir scheißegal, was die Polizei behauptet. Ich weiß, was es war.«

»Grace Ann empfindet dasselbe.«

Lainie lachte bitter. »Oh, das bezweifle ich.«

»Was meinen Sie damit? Sie sagte, sie fände die Vorstellung, daß einer der Leute, die hier waren, Niles umgebracht haben könne, lächerlich.«

»Ja«, erwiderte Lainie. »Das habe ich mir gedacht. Und ich sage, es ist lächerlich, etwas *anderes* zu glauben.«

»Mit anderen Worten, Sie sind sicher, daß ihn tatsächlich jemand umgebracht hat.«

»Ja! Ja! Ich weiß es mit hundertprozentiger Sicherheit. Was denken Sie von Niles – daß er verrückt war? Ein Dummkopf? Er war schon als Baby allergisch gegen Mandeln. Das hat er mir auf unserer Hochzeitsreise erzählt. Der Kellner bot uns ein feines Dessert mit Mandeln an, und Niles verfärbte sich fast blau.«

Ich warf einen verzweifelten Blick in Tonys Richtung, doch er hatte den Kopf abgewandt. Er blickte auf den Barschrank.

»Bitte verzeihen Sie mir«, sagte Lainie ehrlich bestürzt. »Sie beide. Anscheinend vergesse ich schon alles. Darf ich Ihnen etwas zu trinken anbieten?«

Ich lehnte dankend ab.

Basillio ging zum Schrank. »Ist schon in Ordnung«, sagte er zu Lainie. »Reden Sie nur weiter. Ich kann mich selbst bedienen.«

»Habe ich Ihnen jetzt den ganzen Abend ruiniert?« fragte Lainie kläglich. »Wollten Sie gerade das Abendessen kochen oder so was? Könnte ich Ihnen nicht anbieten –«

»Ist schon okay!« sagte ich. Es klang schrill, hart. Das tat mir leid, aber ich wollte einfach nur, daß sie endlich zur Sache kam.

Ich hörte ihn, bevor ich ihn sah.

In der Küche war ein Poltern zu vernehmen. Dann ein Knurren. Ich überlegte kurz, warum ich offenbar als einzige von uns dreien über den Lärm beunruhigt war.

Dann tauchte Bobbin bei uns auf und sprang auf den Schrank neben Tonys Cocktailglas.

»Das begreife ich nicht«, sagte ich.

Sowohl Basillio als auch Lainie sahen mich verständnislos an.

»Was begreifen Sie nicht?« fragte sie schließlich.

»Was Bobbin hier tut – noch immer.«

»Bobbin? Der lebt hier.«

»Wirklich? Seit wann?«

»Ich weiß nicht. Seit sechs Monaten. Sieben. So in etwa. Wir waren noch nicht lange verheiratet, als ihn

Niles mitbrachte. Er sagte, Bobbin brauche ein neues Zuhause und fragte mich, ob ich Katzen möge. Ich sagte, natürlich. Wahrscheinlich war es Hector, der ... der ...« Jetzt begannen Lainies Lippen ein wenig zu beben.

»Lainie, setzten wir uns doch alle mal hin«, schlug ich vor.

Das arme Mädchen litt offenbar schrecklich unter dem Verlust ihres Mannes. Nicht viele von uns könnten mit siebenundzwanzig oder achtundzwanzig so etwas verkraften. Und dann noch davon überzeugt zu sein, daß er ermordet worden war. Mit Pastete!

Ich dachte an meine Nichte Alison, die sogar noch jünger gewesen war, als sie ihren Mann verlor. Er hatte Selbstmord begangen. Ich überlegte, ob es Alison und Lainie guttäte, einander näher kennenzulernen, da sie doch einiges gemeinsam hatten. Aber das konnte sich ebensogut als Gelegenheit erweisen, im vergangenen Unglück zu schwelgen.

»Wenn Sie das Gefühl haben, es geht wieder, reden Sie weiter, Lainie«, sagte ich. Ich wollte freundlich sein. Ich fühlte mich gar nicht wohl in meiner Haut.

»Danke, Alice. Vielen Dank. Ich bin schon wieder in Ordnung. Wirklich. Es ist nur – nun, ich kann nicht glauben, daß der Grund für Niles' Tod ein Versehen war. Der wahre Grund heißt Hector Naciemento.«

Tony sah mich besorgt an. Er schüttelte rasch den Kopf, als wolle er sagen: *Sie ist wirklich übergeschnappt.*

»Aber soviel ich gehört habe, waren Hector und Niles doch alte Freunde, Lainie. Warum hätte Hector so etwas tun sollen?«

»Das weiß ich nicht. Ich weiß es wirklich nicht. Aber das heißt nicht, daß es nicht stimmt, oder?«

»Nein.«

»Ich weiß nur, daß sie die letzten Monate gar nicht

gut miteinander auskamen. Irgend etwas an seiner Freundschaft mit Niles hat sich geändert. Ihre Beziehung war wirklich unangenehm geworden. Ständig stritten sie sich. Aber ich weiß nicht, worüber. Ich weiß nur, daß sie hier oft hinter verschlossenen Türen miteinander sprachen, und daß sich Niles mit Hector unten in der Bar an der Ecke traf. Und daß sie am Telefon wütend miteinander flüsterten. Ich verstand es einfach nicht. Ich versuchte Niles dazu zu bringen, mir zu sagen, was los war, aber er weigerte sich. Als ich ihm richtiggehend zusetzte deswegen, riß er mir fast den Kopf ab.

Niles und Hector waren sehr lange eng befreundet gewesen, zumindest soviel ich weiß. Sie waren sogar mal Geschäftspartner. In den achtziger Jahren. Sie besaßen ein Speiselokal. Vor der Rezession. Als es im East Village die vielen leerstehenden Galerien gab und alle das schnelle Geld machten.

Ich kenne Niles erst seit einem Jahr. Wir haben fast sofort, nachdem wir uns kennenlernten, geheiratet. Er war im Grunde ein echt cooler älterer Mann, dessen Kanten bloß etwas abgeschliffen werden mußten. Und ich brauchte im Grunde jemanden, der mich davor bewahrte, bloß eine weitere höhere Tochter mit einem abgeschlossenen Kunststudium zu werden.«

Lainie entspannte sich soweit, daß sie über ihre eigenen Worte lachen konnte.

»Ich bin sicher, Sie haben das beide schon hingekriegt«, sagte ich. Diese junge Frau hatte etwas an sich, das mir allmählich immer sympathischer wurde. Vielleicht lag es daran, daß sie sich anscheinend danach sehnte, alles zu erzählen ... wie es wirklich gewesen war.

»Danke«, sagte sie und wischte sich eine Träne vom Gesicht. »Ich glaube, Niles liebte mich wirklich. Und ich liebte ihn auch. Und deshalb habe ich Sie hergebeten. Weil ich von Penny Motion, die es von irgend jemandem gehört hat – von Sam Collins oder jemand anderem –, erfahren habe, daß Sie eine Art Detektivin sind.«

»Das ist mehr oder weniger richtig.«

»Ich möchte, daß Sie herausfinden, was geschehen ist. Wenn Hector Niles umgebracht hat, dann möchte ich, daß Sie es beweisen. Ihn überführen.«

»Das glaube ich nicht, Lainie.«

»Warum nicht?«

»Ich glaube, das wäre unangenehm. Grace Ann ist eine alte Freundin – oder jedenfalls eine alte Bekannte –, und sie hat ganz offensichtlich etwas mit Hector. Und ich arbeite sozusagen für Grace Ann und Samantha. Wenn auch als Model und nicht als Detektivin. Es wäre moralisch fragwürdig.

Außerdem scheint es hier keinen richtigen Fall zu geben. Ich weiß, Sie wollen das jetzt nicht hören, aber das ist meine Meinung. Also, ich meine, entweder gibt es gar keinen Fall, oder es gibt fünf oder sechs Fälle. Ich meine, jeder von uns – wenn einer von uns verrückt genug ist, so etwas zu tun – hätte die Mandelpaste in die Küchenmaschine tun können. Ich glaube, es wäre für Hector nicht einfacher oder schwerer gewesen als für jeden anderen, der hier war.

Und an dieser ganzen Sache ist etwas, das ... das ... ich einfach nicht erklären kann. Sagen wir einfach, daß *irgend etwas* daran faul ist. Selbst wenn es nur an mir liegt.«

Jetzt rückte Lainie ganz nah an mich heran. Ihre Augen blickten wie die von Pancho – verschwörerisch.

»Hören Sie, Alice, Niles und ich hatten nichts auf der Bank. Nichts. Wenn er den Loft nicht komplett gekauft hätte, müßte ich morgen ausziehen. Aber er hatte eine Lebensversicherung. Und ich kann mir von meinem Vater etwas Geld borgen. Verstehen Sie, was ich damit sagen will? Ich kann Ihnen ein gutes Honorar zahlen.«

»Nein, Lainie.«

»Was wollen Sie dann?« schrie sie mich an. »Ein Pfund Fleisch? Er ist ermordet worden, Alice!«

»Schon gut, Lainie! Beruhigen Sie sich«, sagte ich.

Sie vergrub ihr Gesicht in den Händen.

Ich sah Tony an. Er wandte sich ab. Frauenpower, dachte ich grimmig.

»Ich werde ein paar Nachforschungen für Sie anstellen«, sagte ich schlicht.

»Oh, Sie tun es? Tun Sie es? Ich wäre so –«

»Setzen Sie mir deswegen bloß nicht zu. Okay, Lainie? Lassen Sie es mich auf meine eigene Art machen. Versuchen Sie sich zu beruhigen. Und vor allem erzählen Sie nicht herum, daß Sie glauben, Hector Naciemento habe Niles umgebracht.«

Zum Abschied umarmte uns Lainie; es war eine verzweifelte Umklammerung. »Ich will keinen Ärger machen. Ich will nur das Richtige tun. Weil ich glaube, Niles liebte mich wirk–«

»Ja, meine Liebe. Ich glaube auch, daß er Sie wirklich liebte«, sagte ich.

»Das ist schlecht, Schwedenmädel, das ist ganz schlecht«, sagte Basillio, als wir wieder in diesem verdammten Aufzug hinunterfuhren.

Wieder auf der Straße, spürte ich im Nacken, in den Haaren und an den Beinen den kühlen Herbstwind. Es war himmlisch.

Aber er versetzte mich nicht in die Stimmung, nach Hause und mit Tony ins Bett gehen zu wollen.

Ich wollte eine Pizza.

KAPITEL 4

An jenem Morgen schlief ich lange und hatte keine Zeit zum Frühstücken.

Detective Joseph Starks Heidelbeerkuchen war frisch gebacken und noch warm und sah in seinem Folienbettchen köstlich aus. Ich versuchte, ihn nicht anzustarren. Zwischen den beiden Hälften des Kuchens sickerte etwas Butter heraus und lief auf seine Schreibunterlage zu.

Der Kriminalbeamte, der den Tod von Niles Wiegel bearbeitete, hatte mir gesagt, er hätte nur um punkt acht Uhr früh für mich Zeit. Als ich am Morgen auf den Wecker blickte und sah, daß es bereits halb acht war, sprang ich daher aus dem Bett, gab den Katzen etwas Trockenfutter in ihre Schüsselchen und zog mich rasch an, ohne mir auch nur das Gesicht zu waschen.

Ich sah furchtbar aus und hatte Belag auf den Zähnen. Niemand, absolut niemand, hätte geglaubt, daß ich die neueste Sensation in der Modewelt war.

Detective Stark sah sehr gut aus und war natürlich wie aus dem Ei gepellt. Blonde Haare und Augen wie ein eisblauer See. Als ich eintrat, erhob er sich von seinem Stuhl. Er trug eine dunkle Jacke, die dezent, aber teuer und in jenem bewußt überweiten französisch-japanischen Stil geschnitten war, und einen blaß-erikafarbenen Pullover ähnlich jenem, den Niles an dem Tag getragen hatte, als er starb.

Und er war offensichtlich kein abgebrühter Bulle oder ein gefühlloser Idiot. Während ich mein Anliegen erklärte und meine Rolle vor und nach Niles' Tod schilderte, war er höflich und aufmerksam.

Wie sich herausstellte, teilte er jedoch meine Ansicht über den Fall nicht – oder besser gesagt Lainie Wiegels Ansicht.

Zufällig stand Detective Stark eindeutig auf Grace Anns Seite des Zauns. Es stimme zwar, sagte er, daß der Fall noch nicht abgeschlossen sei, doch die Polizei hätte im Augenblick nicht die Absicht, Niles' Tod als etwas anderes als einen tragischen Unfall zu behandeln. Man denke nicht an eine Ermittlung in einem Mordfall.

»Sie sind also Privatdetektivin«, sagte er freundlich und biß zum ersten Mal herzhaft von seinem Stück Kuchen ab.

»Also, ja und nein. Ich habe keine Lizenz. Aber ich stelle für andere Leute Ermittlungen an – gewöhnlich für Freunde. Und ich habe auch schon ein paarmal mit der New Yorker Polizei zusammengearbeitet. Ein- oder zweimal sogar als bezahlte Konsulentin.«

»Im Ernst? Was sind Sie – Hellseherin? Etwas in der Art?«

»Nein.«

»Psychologin?«

»Nein, ich – eigentlich bin ich Schauspielerin.«

Er nickte und nippte ein paarmal an seinem dampfenden Kaffee. Cappuccino, wie es schien. Mein Gott, war ich hungrig.

»Also sehen wir mal, ob ich das richtig verstanden habe«, sagte er, noch immer sehr freundlich. »Sie sind Model, Schauspielerin und Detektivin ohne Lizenz, und die Witwe von diesem Wiegel hat Sie beauftragt, zu beweisen, daß ihn einer seiner besten Freunde während einer Nachmittagsparty, die er für diesen englischen Modedesigner gab, umgebracht hat.«

Er hatte zwar ein paar Dinge durcheinandergebracht, aber seine vollkommen emotionslose Zusammenfassung der Geschichte kam der Realität nahe genug, um sie, mit Grace Anns Worten ausgedrückt, absolut lächerlich klingen zu lassen. Nahe genug, um die offizielle Ansicht zu rechtfertigen, daß Niles' Tod ein absurder Unfall war.

Ich mußte rasch etwas unternehmen, meiner Darstellung wieder etwas Würde und Glaubhaftigkeit verleihen, bevor mich Stark als Idiotin abhakte.

»Hören Sie, Detective«, sagte ich. »Mir ist klar, daß die Fakten in diesem Fall ein wenig ungewöhnlich sind. Aber für Mrs. Wiegel ist das nicht lustig. Sie hat ihren Mann verloren und ist davon überzeugt, daß einer seiner Geschäftspartner seinen Tod auf dem Gewissen hat. Wie ich Ihnen schon sagte, ich habe bereits Erfahrung mit Verbrechensermittlung – inklusive Mordfällen –, und ich bin nicht bereit, die Möglichkeit, daß Niles Wiegel ermordet wurde, automatisch auszuschließen. Warum sollten Sie es also tun?«

»Ich werde versuchen, Ihnen ein paar Gründe zu nennen, Mrs. Nestleton. Erstens –«

»Miss. Miss Nestleton.«

»Oh. Ich verstehe.« Er verstummte.

Dieser verdammte Kerl. Stark war ein paar Jahre jünger als ich. Wie konnte er es wagen, mich zu behandeln wie eine dußlige alte Jungfer!

»Erstens was, Detective?«

»Erstens glaube ich, daß die Fakten in diesem Fall mehr als nur *ein wenig* ungewöhnlich sind.

Zweitens wird es ziemlich schwer sein, zu beweisen, daß irgend jemand in Wiegels Umgebung von seiner Allergie gegen Mandeln wußte. Ich meine, wie wollen

Sie so etwas beweisen? Eigentlich ist wahrscheinlich die einzige Person, die mit ziemlicher Sicherheit davon weiß, die Witwe selbst – oder?

Und außerdem, selbst wenn es wirklich jemand anderer getan hat, wenn jemand in die Küche ging und Mandeln in den Aufstrich mischte, wer kann sagen, daß er es in der Absicht tat, den Mann umzubringen? Vielleicht dachte er bloß, es würde den Aufstrich verfeinern. Ich meine, Sie müssen zugeben, daß es keine todsichere Methode ist, jemanden umzubringen. Wie weiß man, wieviel man reingeben soll? Woher weiß man, daß er nicht irgendein Mittel hat, das er nehmen kann, um die Wirkung der Mandeln aufzuheben?«

Ich mußte zugeben, das waren sehr gute Fragen. Ich hatte keine Antwort darauf.

»Sie haben genau die Art von Fragen gestellt, denen die Polizei, wie ich hoffe, nachgehen wird«, antwortete ich. »Und es gibt noch mehr. Zum Beispiel, was das Motiv, die Gelegenheit und die Methode anlangt. Sie wissen schon, Sergeant Stark, das Einmaleins der Kriminalistik.«

»O ja, das gute alte Einmaleins. Sie sind *wirklich* Detektivin, nicht wahr?«

Auf seinen perfekt geformten Lippen lagen ein nachsichtiges Lächeln und ein paar Krümel. Das alles hätte ich am liebsten mit einem Schlag von seinem Gesicht gefegt.

»Ich nehme an, Sie sind noch nicht überzeugt, nicht wahr?« fragte er. Und dann sah er betont auffällig auf die Uhr.

»Nein. Nicht wirklich.«

»Das tut mir leid. Ich wünschte, ich hätte mehr Zeit, den Fall mit Ihnen durchzugehen, Ihnen meine Notizen zu zeigen und all dieses Zeug. Aber leider ...« Er sah wieder auf die Uhr und schüttelte den Kopf, als würde er in seinem ganzen Leben nichts mehr bedauern als die Tatsache, daß er nicht mehr Zeit mit mir verbringen könne.

»Nun«, sagte er, »das wäre jedenfalls gewiß ein interessanter Fall für Miss Marple, nicht wahr?«

Ich war nicht sicher, ob ich recht gehört hatte. »Wie bitte?«

»Miss Marple. Meine Bekannte liest viele Agatha-Christie-Romane. Sie sagt, dabei kann sie sich entspannen.«

»Ach wirklich? Was macht denn Ihre Liebste beruflich?«

»Sie ist Direktorin im Museum of Modern Art.«

»Ach ... du liebe Güte! Das wäre eine Erklärung.«

»Ja. Ich glaube, ich werde ihr von Ihren Freunden erzählen. Vielleicht erkennt sie die Handlung. Sie klingt sehr nach dem Krimi, den sie kürzlich las: *Die vergiftete Pastete*.« Mit einem breiten Lächeln griff er nach seiner Kaffeetasse.

Das reichte.

»Detective Stark, ich möchte Ihnen danken, daß Sie mir Ihre Zeit geopfert haben«, sagte ich eisig. »Wenn Ihre Vorgesetzten je mit diesem Fall befaßt werden, werde ich gewiß erwähnen, wie freundlich Sie zu mir waren.«

Ich stand auf und ging zur Tür.

»Oh, warten Sie. Nur einen Augenblick, Miss Nestleton.«

Ich blickte zu ihm zurück.

»Hier«, sagte er und hielt mir ein kleines weißes Stück Papier hin. »Nehmen Sie meine Karte. Das Leben ist so seltsam, daß ... Wer weiß? Vielleicht stoßen Sie ja doch auf etwas. Ich bin sicher, es wäre ein Vergnügen, mit Ihnen zusammenzuarbeiten. Selbst bei einem so ... äh, verrückten Fall wie diesem.«

Als ich sein Büro verließ, hörte ich ein Klicken. Detective Stark hatte den Telefonhörer abgenommen.

Konnte er es nicht erwarten, seinen Kumpels von diesem Gespräch zu erzählen, oder rief er an, um meine Behauptung, daß ich schon mal mit der Polizei zusammengearbeitet hatte, zu überprüfen?

So schnell mich meine Füße trugen, verließ ich die Polizeistation. Auf der Straße roch es durchdringend nach Pferdeäpfeln. Neben dem Polizeigebäude waren die Stallungen für die Pferde der berittenen Polizei. Aus dem Inneren ertönte ein Wieherchor, der sich seltsam nach Lachen anhörte.

Verdammt, verdammt, verdammt! Ich war nicht überzeugter als die Polizei, daß Niles Wiegel ermordet worden war. Aber ich war nicht gewillt, mich von einem arroganten kleinen Bürokraten wie Stark auslachen zu lassen. Egal, wie blau seine Augen waren. Wenn das der neue Typ von Polizisten war, dann war mir der kettenrauchende Stereotyp mit den großen Füßen und dem schlechtsitzenden Toupet noch lieber.

Ich *würde* Niles' Tod nachgehen. Jetzt hatte ich wohl meinen neuen Job, meine neue Verpflichtung. Ganz echt.

Ein Stück weiter in der stillen Straße – all die Maler und Performance-Künstler lagen noch in ihren Lofts in den Betten und schliefen – ging ich direkt an dem neuen, schwarz-weiß gefliesten Café vorbei, dessen Name auf Detective Starks Kaffeebecher geprangt hatte.

In der Grand Street setzte ich mich in ein Lokal in einem alten Speisewagen auf Rädern und bestellte mir das Spezialfrühstück, inklusive warmem Maisbrei mit Butter.

KAPITEL 5

Ich stellte mich lange unter die Dusche, las die Zeitung, räumte in der Wohnung etwas auf und bürstete die Katzen – alles, wozu früh am Morgen keine Zeit gewesen war.

Ich war noch immer wütend auf Stark und überzeugt, wenn ich fünfundzwanzig Jahre alt oder etwas anderes als Schauspielerin – oder auch bloß ein Mann – gewesen wäre, hätte er mich nicht so empörend behandelt. Es ärgerte mich um so mehr, als er redegewandt und intelligent war, beileibe kein Dummkopf. Das machte sein Benehmen nur noch unverzeihlicher.

Ich hatte vor, in die Boutique Ariel zu gehen und mit den Collins-Schwestern zu reden, aber ich wußte, das Geschäft würde erst in frühestens eineinhalb Stunden aufmachen.

Die Geschäfte im Village hatten sogar noch spätere Öffnungszeiten. An so manchem Vormittag hätte ich gerne irgendwelche Dinge erledigt oder Sachen für die Wohnung gekauft, aber jedesmal mußte ich mir bis ein Uhr nachmittag die Zeit vertreiben, weil das Antiquitätengeschäft, die Drogerie oder das Buchgeschäft erst dann öffneten. Da fragte man sich schon, ob die Inhaber über ein Privatvermögen verfügten und ihr Geschäft mehr zum Vergnügen denn als Erwerbsquelle führten. Wenn ich pleite war, hätten sie natürlich meinetwegen auch zwischen ein und drei Uhr früh aufmachen können.

Um etwa zehn Uhr rief ich Tony an, um ihm von meinem mißglückten Besuch bei Stark zu erzählen, aber er hob nicht ab. Es war ungewöhnlich für ihn, so früh unterwegs zu sein, außer, er hatte die Nacht bei mir verbracht. Eines der vielen Relikte aus meiner Kindheit auf einer Farm ist, daß ich noch immer ein Morgenmensch bin. Und wenn ich aufstehe, steht auch Tony auf. Wenn nicht, holen ihn die Katzen.

Ich machte Kaffee und trank ihn, während ich eine Liste all jener Personen erstellte, die am Tag der Fotoaufnahmen anwesend gewesen waren. Ich wußte bereits, wo die meisten der – sollte ich sie schon 'Verdächtige' nennen? – wohnten. Tony und Alison strich ich sofort wieder. Die Adressen von Penny Motion, dem Anwalt Sidney Rickover und Hector mußte ich erst ausfindig machen, obwohl letzterer vielleicht bei Grace Ann wohnte.

Ich wollte mir etwas Schickes anziehen und beschloß, mein kurzes Wollkleid und dazu den zauberhaften Schal zu tragen, den mir Grace Ann geschenkt hatte. Und ich suchte so lange, bis ich die schlichten Diamant-Ohrstecker fand, die mir mein Ex-Ehemann zur Hochzeit geschenkt hatte. Ich zog nicht einmal meine getreuen braunen Stiefel an, sondern wählte statt dessen Schuhe mit niedrigen Absätzen.

Bushy saß auf der alten Art-deco-Frisierkommode, die ich auf dem Flohmarkt gekauft und frisch lackiert hatte. Er sah mir zu, wie ich mich schminkte und neu frisierte: der Pferdeschwanz kam runter, die Haare wurden aufgesteckt und kamen wieder runter.

Als ich endlich fertig war, zog ich meine weite graue Weste an, die mit den überdimensionalen schwarzen Knöpfen, und verließ die Wohnung. Ich fand mich, ehrlich gesagt, ziemlich hübsch.

Tony hatte mich neulich gefragt, warum ich nicht mehr Witze mache. Mir kam der Gedanke, ob er vielleicht auch dachte, daß ich mich nicht genug um mein Aussehen kümmere. Gott, ich werde wohl allmählich alt, dachte ich. Der Tag, an dem ich mir wegen Basillio Sorgen mache, ist der Tag, an dem ich weiß, daß es mit mir bergab geht. Aber was erwartete mich dann?

Würde ich ab jetzt von meinem Aussehen besessen sein? Von meiner schwindenden Schönheit? Würde ich die Welt von Grace Ann und Samantha ernst nehmen?

Dieser Gedanke veranlaßte mich beinahe, umzudrehen, heimzugehen und mir wieder Jeans anzuziehen.

Aber ich tat es nicht.

Ich ging zu Fuß die etwa zwanzig Häuserblocks nach Chelsea. In dem Viertel, in dem meine alte Wohnung lag, waren jetzt alle wach und aktiv. In den Cafés wimmelte es von Menschen, die um halb zwölf frühstückten. Es waren massenhaft Leute mit Hunden unterwegs. Aus den Kneipen, wo sich die Vormittags-Trinker auf den ersten Schluck Mut einfanden, ertönte gedämpfte Musik aus Musikboxen.

Zur Boutique führte eine breite Treppe hinunter, deren Geländer so oft gestrichen worden war, daß es glänzte wie schwarzer Lack. Auf dem Gehsteig stand ein großes, handgemaltes Schild, auf dem in Jugendstil-Lettern stand: ARIEL/DAMENMODEN-BOUTIQUE. Samantha und Grace Ann wohnten in dem Sandsteinhaus über dem Geschäft.

Die Schwestern hatten es stets verstanden, aus den entschieden bescheidenen Räumlichkeiten das Beste zu machen. Die Boutique war an sich nichts Besonderes, doch das Geschäft war überaus schön gestaltet – hier und dort waren wie Kunstwerke handgenähte Creationen aus luxuriösen Stoffen ausgestellt; es gab

Vitrinen aus Schmiedeeisen und Glas, die von längst vergessenen Speichern gerettet worden waren; Nippes, die von so unterschiedlichen Orten wie verschrotteten Ozeanriesen und ländlichen Flohmärkten in New Jersey zusammengetragen worden waren.

Im Geschäft war keine Spur von den Collins-Schwestern.

Ich hatte Julia, das Mädchen hinter dem Ladentisch, noch nie gesehen, aber sie begrüßte mich überschwenglich. Vielleicht, weil sie den Schal sofort erkannte. Ich vergaß nicht, ihr ein Kompliment über ihre Stickerei zu machen.

Ich erzählte ihr, daß ich eines der Models für die neue Werbekampagne war, und wir unterhielten uns ein paar Minuten recht angenehm. Zu meiner Überraschung erfuhr ich, daß sie Alison kennengelernt hatte – sie war gestern hiergewesen und hatte sich ein paar Sachen ausgesucht. Um einer weiteren Diskussion über den Knochenbau meiner Nichte zuvorzukommen, fragte ich Julia, ob sie glaube, daß die Collins-Schwestern ein paar Minuten mit mir sprechen würden.

»Grace Ann und Sam sind beide außer Haus«, antwortete sie. »Ich erwarte sie nicht so bald zurück. Kann ich Ihnen irgendwie behilflich sein?«

»Vielleicht.«

Ich wußte nicht genau, wie ich jetzt weiter vorgehen sollte. Ich mußte ein bißchen herumschnüffeln, brauchte einige ziemlich persönliche Informationen über die Schwestern und Hector. Aber ich wollte Julia nicht in eine unangenehme Lage bringen, sie sollte nicht denken, daß ich Indiskretionen über ihre Arbeitgeber aus ihr herausholen wollte. Selbst wenn es so war.

»Wenn sowohl Grace Ann als auch Samantha weg sind, vielleicht ist ja dann Hector hier«, sagte ich.

Julia lächelte. »Hector? Nein. Der kommt nicht sehr oft ins Geschäft.«

»Oh. Ich dachte, vielleicht ist er ›im Haus‹.« Und ich zeigte vage in Richtung Himmel, um die Wohnung oben anzudeuten.

»Ich glaube nicht. Ich habe da oben seit Stunden nichts gehört.«

Nun, das gab mir keinerlei Hinweis darauf, wo Hector wohnte. Ich beschloß, es auf andere Art zu versuchen.

»Grace Ann wird wohl langsam sorglos«, sagte ich scherzhaft. »Gott weiß, würde Hector mir gehören, ich wüßte jeden Augenblick, wo er sich befindet.«

»Wem sagen Sie das«, pflichtete mir Julia bei und nickte. »Ist er nicht phantastisch?«

»Nun, Grace Ann verdient es, glücklich zu sein. Sie ist so schön. Und so talentiert. Aber eigentlich sind das ja beide, nicht wahr?«

»O ja! Samantha ist ein Genie. Ich lerne es jetzt in der Schule, aber ich weiß, ich werde niemals so zuschneiden können, wie sie und wenn ich tausend Jahre alt werde. Es grenzt an Zauberei.«

»Ein Jammer, daß Samantha nicht auch jemanden wie Hector hat«, sagte ich geistesabwesend und tat, als wäre ich total fasziniert von einem Paar gehämmerten Zinnohrringen. »Anscheinend gibt es einfach nicht genug umwerfende Männer.«

»Sam könnte jeden haben, den sie will«, sagte Julia in einem Tonfall, als müsse sie Samantha verteidigen. »Sie gehört bloß zu den Frauen, die offenbar überhaupt kein Interesse daran haben.«

Es war Zeit, ihr eine faustdicke Lüge aufzutischen. Die Vorbereitungen waren abgeschlossen. Eine gute Ermittlung ist niemals ein moralisch einwandfreies Unterfangen.

»Ist das nicht merkwürdig?« sagte ich. »Wissen Sie, ich war auch immer dieser Meinung. Vor vielen Jahren, als sie und Grace Ann gerade erst in den Norden gekommen waren, war mein Bruder Edwin schrecklich in sie verliebt. Sie hat ihn nie auch nur im geringsten beachtet. Aber das war natürlich vor Ihrer Zeit.«

»Sie kennen sie schon so lange?«

»Eine Ewigkeit.«

»Dann hat sich nicht viel verändert«, lachte das Mädchen. »Sidney ist völlig verrückt nach ihr. Und sie behandelt ihn wie – nun, wie ihren Anwalt. Der er ja auch ist. Aber er wäre gerne sehr viel mehr, wie Sie sicher wissen. Irgendwie tut er mir leid, selbst wenn er Geld wie Heu hat.«

Also. Keine klare Antwort darauf, wo Hector wohnte, aber ich hatte eine andere Information bekommen. Was immer sie bringen mochte. Eigentlich war es weniger eine Neuigkeit als eine Bestätigung. Am Tag des Fototermins hatte Sidney Rickover Samantha eindeutig angeschmachtet.

Nicht, daß es Rickover in punkto Aussehen mit Hector Naciemento hätte aufnehmen können, aber ich fragte mich wirklich, warum Samantha so vollkommen gleichgültig gegenüber der Verehrung des Anwalts war. Er sah recht gut aus und war – laut Julia – reich.

War Samantha die einzige fünfzigjährige Jungfrau in New York? Hatte sie, wie Julia es genannt hatte, einfach kein Interesse »daran«? War sie auf einen zweiten Hector aus? Oder vielleicht auf denselben Hector – der bereits ihrer Schwester gehörte?

Gerade als mir Julia zu erklären begann, warum Schwarz in der kommenden Saison für Abendkleidung *out* war, wehten die Klänge einer Bach-Suite von der Decke herunter. Es war keine Schallplatte. Und auch kein Radio vom Gehsteig über dem Laden. Das war Live-Musik. Mir fiel ein, daß Samantha Collins Cembalo spielte.

Julia errötete und verstummte mitten im Satz.

Sie hatte offenbar den Auftrag gehabt, jedermann zu sagen, daß die Collins-Schwestern nicht zu Hause seien.

»Ach, was für ein Glück«, sagte ich rasch und baute ihr eine goldene Brücke. »Samantha ist früher zurückgekommen. Wären Sie so freundlich, sie zu fragen, ob sie nur ein paar Minuten Zeit für mich hätte?«

Julia hatte keine andere Wahl, sie ging die Stufen im hinteren Teil des Geschäfts hinauf und erfüllte meine Bitte.

Ich sage nicht, daß Samantha Collins unhöflich zu mir war, als ich in den Salon trat, wo sie am Cembalo saß wie ein verhungertes Engelchen von Tizian. Wahrscheinlich lag es nur daran, daß sie sich nicht so gewandt verstellen und Notlügen erfinden konnte wie ihre Schwester, die ihr ganzes Leben die Fähigkeit perfektioniert hatte, das Offensichtliche zu leugnen und Dummheit zu ertragen.

»Hallo, Samantha. Ich weiß, Sie haben gewiß zu tun. Ich bleibe nicht lange.«

»Alice«, sagte sie nur.

»Samantha, ich wollte nur sagen, daß ich nachempfinden kann, wie schlimm es für Sie und Grace sein muß. Nicht nur in bezug auf die Probleme mit dem Geschäft und Fliss Francis und all das. Ich meine, es tut mir leid, was mit Ihrem Freund Niles passiert ist.«

»Ja«, sagte sie dumpf. »Das ist es, was zählt, nicht wahr?«

»Ich habe von Grace Ann gehört, daß Sie nicht ganz auf dem Damm waren. Es freut mich, daß Sie jetzt wieder anfangen –«

Sie unterbrach mich mit einem Laut, der fast ein

Schnauben war. »Daß ich jetzt wieder anfange, zu arbeiten. Mich wieder ins Geschäft stürze. Mein Gott, ja. Meine Schwester hat mich beinahe wiederhergestellt. Wenn Sie eigentlich mit ihr sprechen wollten, wie fast jeder, sie ist drüben im Loft.«

»Im Loft?«

»Ich meine im Werk. In der Fabrik.« Sie spie das Wort »Fabrik« förmlich aus. »Stellen Sie sich das vor! Eine Fabrik! Das ist aus uns geworden, meine Liebe. Wir stellen Kleider in Massenproduktion her – für die Massen. Das ergibt doch einen Sinn, nicht wahr?« Sie schien zu lachen. Ich war nicht ganz sicher.

Dann wies Samantha auf einen Polstersessel, und ich setzte mich schnell hin.

»Wie es scheint, sind Sie nicht ganz auf dem laufenden. Hat Ihnen denn niemand von unserem Lohnsklavenbetrieb in der Forsyth Street erzählt?« fragte sie.

Ach ja. Ich hatte es vergessen. Bei dem Fototermin hatte man mir erzählt, daß aufgrund des Erfolges, den die Collins-Schwestern neuerdings hatten, der Großteil der Näharbeit jetzt nicht mehr im Hinterzimmer des Souterrain-Ladens ausgeführt wurde, sondern in neuen Räumlichkeiten am Rand von Chinatown, und daß es statt Samantha und einer angeheuerten Näherin jetzt einen ganzen Stab ausgewählter, erfahrener Zeichner und Näherinnen gab.

Dennoch war ich sicher, daß Samanthas Darstellung ihrer Produktion als Massenware stark übertrieben war. Sie stellten jetzt bloß mehr als Einzelstücke her und verkauften sie in einigen der exklusivsten Geschäften in der Stadt.

»Wissen Sie, Samantha, mein Geschäft läuft in letzter Zeit auch nicht gerade blendend«, sagte ich. »Ich meine das Catsitten. Die Betreuung von Bobbin fehlt mir richtig.«

Als ich Bobbin erwähnte, sah sie mich an und erstarrte sichtlich, aber sie sagte kein Wort.

Irgend etwas an Samanthas angespannter Körperhaltung und der zunehmenden Vielfalt von merkwürdigen Ausdrücken, die sich auf ihrem Gesicht abzeichneten und wieder verschwanden, kam mir seltsam vertraut vor.

Ich sagte noch etwas Liebevolles über Bobbin, doch das löste bei ihr nur noch weitere beunruhigende, verzerrte Grimassen aus.

Und dann beging ich einen verhängnisvollen Fehler.

»Hector scheint sehr nett zu sein«, sagte ich. »Meint es Grace Ann ernst mit ihm?«

Ihre schlanken Hände ballten sich zu Fäusten, und mit einer dieser Fäuste fegte sie die Notenblätter auf den Fußboden. »Bitte gehen Sie jetzt, Alice.«

Ich sprang vom Sessel auf und ging rasch zur Tür. Ich war zu fassungslos, um mich zu verabschieden.

Ich hatte keinen Hunger, aber als ich Tony das Schinkensandwich hinstellte, schenkte ich mir selbst ein großes Glas Wein ein.

Ich versuchte, ihm die Ereignisse dieses schrecklichen Tages in verständlicher Form zu schildern, einen Schlag nach dem anderen.

»Was ist mit dem Käse?« jammerte er. »Wo sind die Gurken?«

»Du liebe Güte, hol sie dir doch selbst, Basillio.«

»Und was wirst du jetzt tun?« fragte er mit dem Kopf im Kühlschrank. »Ich meine, nachdem wir diesen Polizisten gestellt und ihm die Beine gebrochen haben.«

»Wäre das schön.«

Bei dem Gedanken, daß ich vielleicht wirklich noch einmal zu Stark gehen mußte, wenn ich tatsächlich irgendwelche Beweise fand, wurde mir ganz schlecht.

Tony ging zurück zum Tisch – besser gesagt, er schlenderte, in diesem tänzelnden Gang, den die New Yorker Männer anscheinend kultivieren. Beim Anblick dieses Ganges fiel mir etwas wirklich Furchtbares ein. Und wenn es nicht Mord war? Oder nicht einmal ein klassischer Unfall? Wenn Niles' Tod eine vollkommen banale Ursache hatte? Wenn sich zum Beispiel jemand ein Glas Wasser geholt hatte, an der Mandelpaste vorbeigegangen war und ohne nachzudenken einfach etwas davon genommen und in die Pastete getan hatte? Ganz spontan. Vielleicht hatte sogar zufällig ein Löffel dort gelegen. Einfach so.

Oh, diese Denkweise war nicht gut! Denk nicht an so was, sagte ich mir. Dann fiel mir ein, daß mir Detective Stark genau dieses Szenario dargelegt hatte.

»Ich muß herausbekommen, was zum Teufel mit Samantha Collins los ist«, sagte ich. »Aber vielleicht muß ich dabei sozusagen die Hintertür benutzen. Grace Ann. Inzwischen werde ich mich wohl auf Hector konzentrieren. Und auf diese Penny. Ich brauche deine Hilfe bei einer kleinen Überwachung, Tony.«

Er aß sein Sandwich und gab keine Antwort.

»Also, kannst du mir helfen?«

»Ich glaube schon, Schwedenmädel. Wenn ich nicht zu beschäftigt bin.«

»Womit denn? Auf der Rennbahn?«

»Nein. Einfach ... mit Arbeit. Mit Skizzen, die ich für dieses Theater in der Sullivan Street anfertige. Ich meine, ich helfe dir natürlich aus, wenn ich kann.«

»Na dann vielen herzlichen Dank, Tony.«

»Okay, okay. Verfüge über mich.«

Samanthas Verhalten verfolgte mich den ganzen Tag, selbst in dem Kino, das Basillio und ich am frühen Abend besuchten und nach vierzig Minuten wieder verließen.

Wir gingen in eines der neuen Cafés, die im Großstadtdschungel sprießen wie die Pilze, und tranken einen Espresso. Es kostete mich schier unmenschliche Kraft, nicht einen Löffel zu nehmen und über den Rest von Basillios Schokoladeeis-Schlemmerbecher herzufallen. Aber die Anordnung der Collins-Schwestern – keine Süßigkeiten, bis die Modeaufnahmen im Kasten sind – war noch immer in Kraft.

Tony lachte mich über seine Schlagsahne hinweg aus.

Wer hätte an jenem Tag *nicht* zuschlagen wollen?

Sobald wir wieder in meiner Wohnung waren, beschloß ich, Grace Ann anzurufen und endlich herauszufinden, warum sie Bobbin, den geliebten Hauskater, zu den Wiegels gegeben hatten. Ich konnte mir nicht vorstellen, daß so eine einfache Frage für die edle Blume des Südens zu belastend sein könnte.

Gott sei Dank hob Grace Ann ab. Ich nannte meinen Namen und versuchte auf meine unbeholfene Art, mich zu entschuldigen, falls ich der armen Sam, wie ihre Mitarbeiter sie nannten, Kummer bereitet hatte.

Sie versicherte mir mit zuckersüßen Worten, daß alles in Ordnung kommen würde und ich mir über den Vorfall keine Gedanken machen solle. Samantha brauchte bloß wieder ihre Arbeit.

Und dann, als ich so beiläufig wie nur irgend möglich fragte, wieso Bobbin jetzt bei Niles und Lainie sei, legte sie mitten im Gespräch auf.

Ich hätte schreien mögen.

Bevor ich an jenem Abend einschlief, fiel mir ein, woran mich Samantha Collins mit ihren starren Gliedmaßen und dem zuckenden Gesicht erinnerte. Sie sah aus wie Mrs. Bean in jener kleinen ländlichen Stadt in Minnesota, in der ich aufgewachsen war, jene verrückte Frau, die jeden Abend auf ihrer Veranda auf der Schaukel saß.

KAPITEL 6

Tony und ich trafen uns in einem lateinamerikanischen Café in der 8th Avenue. Dort gab es den besten *Café con leche*, den ich in meinem ganzen Leben getrunken hatte.

Ein weiterer Pluspunkt bestand darin, daß das Lokal zeitig geöffnet wurde, um sieben Uhr früh.

Und das beste war, vom Tresen des Cafés konnten wir das Sandsteinhaus der Collins-Schwestern sehen.

Im Augenblick konnten wir aber nicht mehr tun, als Kaffee trinken und warten. Die leeren Straßen lagen im Licht des frühen Herbstes still und verlassen da. Das Tanztheater und Aerobicstudio gegenüber war geschlossen. Das schicke französische Bistro daneben würde erst in Stunden seine Pforten öffnen. Selbst die dröhnenden Stereogeräte, die normalerweise von den Feuertreppen der letzten alten Mietskasernen lautstark Salsa und Rap plärrten, waren verstummt.

Basillio bestellte einen Kuchen, der eine skurrile Form hatte: er sah aus wie eine plattgedrückte Kochmütze. Er war mit glasierten Aprikosen belegt. Nachdem er diesen Kuchen gegessen hatte, stürzte er sich auf einen Flan, den der Kellner gerade in die Kuchenvitrine stellen wollte. Der Duft der warmen Vanillesoße und des süßen dunklen Karamels auf seinem Teller wehte in Wellen zu mir herüber.

»Und was ist mit dir?« fragte Tony. Er machte sich

wieder über mich lustig. »Lernst du jetzt, wie man magersüchtig wird oder so was?«

»Ich achte auf mein Gewicht, du gefühlloser Tölpel. Als ich diesen blöden Job als Model annahm, habe ich mit den Collins-Schwestern einen Pakt geschlossen, und ich werde mich daran halten. Weißt du nicht, daß man auf Fotos viel dicker wirkt?«

»Weiber«, sagte er in gespielter Verzweiflung; eine schlechte Imitation des Tonfalls aus *Guys and Dolls*. Dann beugte er sich auf seinem Hocker zu mir und gab mir einen Kuß auf die Nase.

Das war so gar nicht Tonys Art. Ich sah ihn einen langen Augenblick fassungslos an, bevor ich den Blick wieder auf das Gebäude in der 15th Street richtete.

»Schwedenmädel, ich glaube, das Glück ist uns hold.«

Ja. Tony hatte recht.

Es war acht Uhr dreißig. Wer da aus der Tür des Collins-Hauses trat und leichtfüßig die Treppe hinunterlief, war niemand anderer als Hector Naciemento.

Einen Augenblick später winkten wir dem Mann an der Theke zum Abschied zu und machten uns auf, Hector zu folgen, der in die 8th Avenue eingebogen war und in Richtung Innenstadt ging.

Als er die 14th Street überquerte und in die Greenwich Avenue bog, taten wir das ebenfalls, nur daß er auf der Südseite der Straße ging und wir auf der Nordseite. Oder war es die West- und die Ostseite? Die Greenwich Avenue schien sich – wie das ganze Village – mit jedem Häuserblock einmal hierhin, einmal dahin zu wenden. Es ist schwer, sich ohne Kompaß zurechtzufinden.

Hector hatte eine graue Gabardinehose, ein weißes Polohemd und eine graue Jacke aus einem grobgewebten Stoff mit feinen roten Streifen an. Er trug einen kleinen ledernen Seesack und legte ein ziemliches Tempo vor. Tony und ich folgten ihm weiterhin unauffällig, doch mit seinen flotten, gleichmäßigen Schritten mitzuhalten war gar nicht so einfach. Wir gingen fast ohne zu reden, nicht nur, weil wir Angst hatten, daß er uns hören und herübersehen könnte, sondern weil wir mit unserer Atemluft haushalten mußten.

Hector ging auf der Greenwich Avenue weiter bis zur 7th Avenue. Dort wandte er sich Richtung Süden.

Und weiter marschierte er – vorbei am berühmten Village Vanguard, vorbei an der neuen Pizzeria und dem uralten Hamburgerladen. Bald kam er zur Christopher Street, wo im Village Cigar Store, das öfter den Besitzer gewechselt hatte, als selbst der eifrigste Village-Historiker zählen konnte, noch immer Coronas und Lotterielose, billige Uhren und Kaugummi verkauft wurden.

Jetzt waren wir in meiner eigenen Gegend, nur zwei Straßen östlich von meiner Wohnung. Doch Hector ging weiter. Er kam jetzt an den Rand des Villages, Richtung TriBeCa.

Die Straße wurde breiter und dann wieder schmaler – hier wurden Basillio und ich nervös, weil wir fürchteten, Hector könnte uns bemerken – und verbreiterte sich dann erneut. Wir ließen die Houston Street hinter uns. Und die verrückte Canal Street, wo es vor Menschen wimmelte, wo die Autohupen blökten und aus der Einfahrt in den Holland Tunnel der Gestank der Autoabgase herauswehte.

Endlich! Als Hector zur Chambers Street kam, blieb er vor einem niedrigen, ziemlich neuen kleinen Haus stehen. Auf einer Stange aus einem Fenster im ersten Stock flatterte eine leuchtend bunte Flagge, die den High End Sportclub verkündete.

Während das Objekt unserer Beschattung – höchstwahrscheinlich – trainierte, die Sauna besuchte und sich massieren ließ, setzten Tony und ich uns in den kümmerlichen kleinen Park gegenüber dem Fitness-Studio und machten uns über Getränke vom Hotdog-Stand her.

»Der Typ ist ziemlich gut in Form«, sagte Tony zähneknirschend und trank seine Pepsi aus. »Wofür braucht der überhaupt ein Fitness-Studio?«

»Für die jungen Leute ist ein Fitness-Studio heutzutage eine Selbstverständlichkeit. Hector ist noch jung, Tony. Nicht älter als ein- oder zweiunddreißig«, erwiderte ich ein wenig amüsiert über den neidischen Unterton in seiner Stimme. Mein Clubsoda war nicht sehr kalt, doch ich trank es trotzdem sofort aus. Dieser Gewaltmarsch hatte mich durstig gemacht.

Als unser Mann zwei Stunden später aus dem Gebäude kam, sah er unverschämt belebt und attraktiv aus; er barst förmlich vor Gesundheit und hatte das feuchte schwarze Haar aus der Stirn gekämmt. Sein Schritt war jetzt womöglich noch lebhafter.

Der nächste Teil von Hectors Wanderung führte uns – stets einen halben Häuserblock hinter ihm – etliche Straßen weiter Richtung Norden, nach SoHo.

In der Broome Street betrat Hector einen unscheinbaren Laden in der Mitte des Häuserblocks. Sobald es gefahrlos möglich war, ging ich mit leicht abgewandtem Gesicht eilig an dem Geschäft vorbei und sah, daß es eine alte italienische Schneiderei war. Dann kehrte ich zu Tony zurück, der am Eingang eines Teppichgeschäfts auf der anderen Straßenseite wartete. Hector blieb etwa vierzig Minuten in der Schneiderei.

Das nächste Ziel war eine große, ruhige Trattoria in der Spring Street. Hector hatte Hunger. Wir auch. Hector wurde an einen Ecktisch geführt, der bereits für einen Gast gedeckt war. Wir setzten uns an die Theke einer Pizzeria gegenüber. Basillio aß zwei Stück Pizza. Ich nahm einen schlappen grünen Salat und stibitzte eine Sardelle von Tonys Pappteller.

»Vielleicht überfährt ihn ja ein Fahrradbote«, spekulierte Tony ein wenig müde.

In der Nähe des Washington Square ließ sich Hector die Schuhe putzen. In einem Zigarettenladen in der 11th Street kaufte er sich ein italienisches Herrenmodejournal und ein Wegwerffeuerzeug. Er ging zu Balducci und kam zehn Minuten später mit einem Kuchenkarton wieder heraus. Dann probierte er in einem neuen Geschäft weiter oben in der 6th Avenue ein Paar Schuhe.

»Was für ein langweiliges Leben dieser Typ führt«, bemerkte Tony, während wir an einer Bushaltestelle gegenüber dem Schuhgeschäft standen. »Ich dachte immer, Gigolos wären irgendwie glamourös.«

»Wir wissen nicht, ob er ein Gigolo ist«, erklärte ich. »Vielleicht hat er ja selbst Geld.«

»Und was macht er dann mit einer Frau, die seine Mutter sein könnte?«

»Du bist wohl nicht ganz auf der Höhe der Zeit, was, Tony? Grace Ann ist eine reizende, ehrgeizige, kultivierte Frau. Vielleicht ist Hector *deswegen* mit ihr zusammen.«

»Vielleicht ist er aber auch mit ihr zusammen, weil sie im Augenblick gerade das große Geld macht und eine Menge Prominente in New York kennt.«

»Vielleicht. Aber selbst wenn das zutrifft, ist noch immer nicht ausgeschlossen, daß er auch Gefühle für sie haben könnte. Urteilen wir nicht so schnell«, antwortete ich. Ich wußte, daß es sehr schlecht ist, einen Verdächtigen als trivial darzustellen. Auch schlechte Menschen können lieben.

Danach überraschte uns Hector wirklich. Er stieg in ein Taxi.

Wir mußten laufen, um ebenfalls eines zu finden, bevor seines uns davonfuhr.

»Laß mich das machen, Schwedenmädel«, sagte Basillio ganz aufgeregt und beugte sich zum Fahrer vor. »Wie oft im Leben hat ein Mann schon Gelegenheit, zu sagen ›Folgen Sie diesem Taxi‹?«

Und genau das sagte er zu dem gelangweilten Fahrer.

Wir folgten Hector die ganze Columbus Avenue hinauf.

Als Hector aus seinem Taxi stieg, ging er schnurstracks in ein Café mit Tischen auf einer Terrasse hinter Glasfenstern. Basillio und ich suchten Deckung bei der Konkurrenz, in einem Café auf der anderen Straßenseite.

Die Mühe war unnötig. Hector hätte uns auch nicht bemerkt, wenn wir ihm hinein gefolgt wären. Sobald er das Café betrat, erhob sich eine junge Frau in sehr hochhackigen Stiefeln und einem engen rotbraunen Rock, der nicht länger war als ihre schwarze Lederjacke – das heißt, bis zu den Pobacken ging – und lief auf ihn zu. Sie begannen sich zu küssen wie ein Liebespaar, das nach dem Zweiten Weltkrieg endlich wieder vereint ist.

»Nun, Tony, es sieht aus, als würde die Sache noch komplizierter. Schau mal, wer sich da küßt.«

Basillio sah hin. Ganz genau.

»Siehst du nicht, wer das ist?« fragte ich. »Das ist das Mädchen aus dem Loft der Wiegels. Das Mädchen, das für das Make-up und die Beleuchtung zuständig war. Penny.«

»Stimmt. Penny Motion.«

Penny und Hector sausten die Columbus Avenue hinauf und traten nach zwei Querstraßen, an der Ecke zur 76th Street, in ein Wohnhaus.

Eine Stunde verging. Tony und ich waren uns einig,

daß es nicht viel Sinn hatte, darauf zu warten, daß Hector in nächster Zeit herauskam. Schließlich hatte er sogar daran gedacht, die Nachspeise mitzubringen.

An jenem Abend rief ich von dem japanischen Lokal aus, in dem Tony und ich speisten, Lainie Wiegel an. Aufgrund meines Gesprächs mit Stark sagte ich ihr, daß sie von der Polizei nicht sehr viel Hilfe zu erwarten hatte.

Was Tony und ich am Nachmittag gesehen hatten, erzählte ich ihr nicht, aber ich teilte ihr mit, daß ich in Anbetracht der bisherigen Entwicklungen noch eine Zeitlang mit meinen Ermittlungen fortfahren würde.

Als ich an den Tisch zurückkam, schüttete Basillio Sake in sich hinein, als gäbe es kein Morgen. Ich ließ meinen Vorsatz, Diät zu halten, sausen und bat die Kellnerin, mir ebenfalls so einen sittsamen kleinen Becher zu bringen.

Es war ein anstrengender Tag gewesen. Aber ich fühlte mich gut. Zwar konnte ich mich nicht auf ein dickes, fettes Honorar freuen – ich würde nicht mehr als die Aufwandsentschädigung bekommen, auf der Lainie bestanden hatte –, aber ich schien mich immer mehr in diese seltsamen Ermittlungen zu verstricken. Wenigstens eine Katze war jetzt aus dem Sack.

Am folgenden Nachmittag hatte ich einen Termin mit Sidney Rickover.

»Du fühlst dich jetzt wohl in deiner schlechten Meinung von Hector bestätigt«, sagte ich zu Basillio. »Nun, wie es aussieht, hattest du recht.«

»Ein Punkt für mich«, sagte Tony und zeigte der Kellnerin die leere Flasche. Sie war binnen Sekunden da und füllte sie auf.

»Morgen werden wir Hector noch ein wenig überwachen, aber am Nachmittag habe ich etwas anderes vor. Und ich glaube, da wäre es eine gute Idee, dich auf Penny anzusetzen. Das kannst du doch alleine durchziehen, oder? Wir wissen ja, wo sie wohnt.«

»Wer?«

»Penny, sagte ich. Ich denke, wir beobachten Hector noch einen Tag, und dann möchte ich, daß du Penny auf den Fersen bleibst. Kannst du das tun?«

Tonys Miene erschreckte mich. Er knurrte richtiggehend. »Ist dir je der Gedanke gekommen, daß dieses Hobby von dir irgendwie schäbig ist, Schwedenmädel?«

Ich hatte das Gefühl, als hätte er mich ins Gesicht geschlagen. Aber ich bemühte mich, ganz ruhig zu sprechen. »Was hast du gesagt?«

»Ich meine, wie fühlt man sich dabei, wenn man hinter den Leuten herspioniert, ständig in die Privatsphäre anderer Leute eindringt?«

»Entschuldige, Tony, aber ich ›spioniere‹ niemandem hinterher. Zumindest nicht so, wie es bei dir klingt – als ob ich das zum Spaß täte. Oder um jemanden zu erpressen. Oder weil ich neugierig bin. Aber wenn ich es tun muß, um einen Mörder zu fassen, der sonst ungestraft davonkäme, dann ... dann spioniere ich auch. Im Vergleich zu Mord scheint die Privatsphäre nicht so wichtig, oder?«

Tony schenkte uns erneut Sake nach.

»Nun, mir gefällt das nicht. Egal, wie du es nennst oder warum du es tust«, sagte er bockig. »Es ist widerlich.«

»Ich glaube, mich hat noch nie jemand widerlich genannt. Ganz bestimmt niemand, den ich als Freund betrachte. Und ganz bestimmt nicht ins Gesicht.«

»Ich habe nicht gesagt, *du* bist widerlich. Ich sagte, was du tust ist widerlich. Und dumm. Und gefährlich. Und eine Energieverschwendung. Du bist doch eigentlich Schauspielerin und keine Voyeurin, die durch Schlüssellöcher schaut. Das ist nicht die Arbeit, für die du geboren bist.«

»Schön. Dann hilf mir eben nicht.«

»Nur ruhig Blut! Ich habe nicht gesagt, daß ich dir nicht helfe.«

»Vielleicht solltest du es nicht tun, wenn es dein moralisches Empfinden beleidigt, Tony ... wenn du glaubst, daß es nicht *fair* ist. Aber ich muß mich natürlich fragen, ob du vielleicht nur schlechte Laune hast, weil du eifersüchtig auf Hector Naciemento bist.«

»Ich bin nicht eifersüchtig auf diesen braungebrannten Pfau. Ich bin nur –«

»Nur was, Tony?«

»Nur ... ich weiß nicht.«

»*Was?*«

»Ach, vergiß es. Es ist nichts.«

»Oh doch. Offensichtlich schon.«

»Nein! Lassen wir das Thema einfach, okay?«

Ich gab keine Antwort.

In diesem Augenblick ging mit Tony eine Veränderung vor. Er lächelte schief. »Weißt du was?« sagte er in neckendem Tonfall. »Ich werde dir sagen, was im Augenblick meine einzige Sorge ist. Ich habe Angst, daß du nicht genug zu essen bekommst. Und da kommt auch schon dein Sukiyaki.«

Die Kellnerin stellte das Tablett auf unseren Tisch und nahm den Deckel von dem schweren Topf. Ich war so überwältigt von der würzigen braunen Brühe und dem blendend weißen Reis, daß ich meinen Ärger und meine Beunruhigung über Basillios Ausbruch für diesen Abend beiseite schob.

Irgend etwas machte Tony wirklich Sorgen. Vielleicht war es ja bloß wie so oft ein Sturm im Wasserglas. Oder aber etwas Ernstes. War er krank? War er pleite? Woher sollte ich das wissen? Er schloß mich ja aus.

Aber ich mußte es irgendwie aus ihm herausbekommen. Früher oder später.

Dann wurde mir klar, daß ich es wahrscheinlich gar nicht wissen wollte, weil es vermutlich etwas mit seiner Ex-Frau zu tun hatte, oder mit dem Besuchsrecht bei seinen Kindern, oder mit den Alimenten.

Plötzlich beugte sich Tony über den Tisch und flüsterte in einem aggressiven Tonfall: »Willst du wirklich wissen, warum ich wütend bin, Schwedenmädel? Willst du es wirklich wissen? Ich werde es dir sagen. Weil du mich nicht ein einziges Mal gefragt hast, was ich über den Fall denke. Nicht ein einziges Mal!«

Er lehnte sich zurück.

»Okay, Tony. Sag mir, was du denkst.«

»Lainie hat ihren Mann umgebracht.«

Einen Augenblick war ich zu überrascht, um irgend etwas zu sagen. Dann fragte ich nur: »Warum?«

»Motiv Nummer eins: sie konnte es nicht ertragen, noch einen einzigen Bissen von seiner gottverdammten Pastete essen zu müssen. Motiv Nummer zwei: sie wollte den Loft für sich alleine haben, damit sie ihre eigene Rap-Gruppe gründen kann – namens Bobbin und die SoHo-Ratten.«

»Du bist entweder betrunken oder verrückt«, bemerkte ich lächelnd.

»Nun, Schwedenmädel ... Kinder und betrunkene Narren sagen oft weise Dinge«.

Der Reis war köstlich.

KAPITEL 7

Das Telefon läutete, als ich mich gerade schminkte. In ein paar Stunden sollte ich in Sidney Rickovers Büro sein.

Es war Sidneys Sekretärin. Es täte Mr. Rickover schrecklich leid, doch er habe geschäftlich nach Denver fahren müssen und könne daher unseren Termin nicht einhalten. Er würde mich in ein, zwei Tagen, sobald er wieder zurück war, anrufen und einen neuen Termin vereinbaren. Ob das in Ordnung sei?

Es würde in Ordnung sein müssen, nicht wahr? Was für eine Wahl hatte ich denn?

Noch etwas, sagte die Sekretärin, nur für ihre Unterlagen. »Bei Ihrer Besprechung geht es um die Blankman-Fusion, nicht wahr?«

Nein, es geht um das Rätsel mit der Katze, hätte ich am liebsten geantwortet. Doch ich schaffte es, nur zu sagen: »Nicht direkt.«

Natürlich war ich verärgert, daß meine Verabredung mit Sidney Rickover abgesagt wurde. Aber vielleicht war es ohnehin so am besten. Ich hatte an diesem Morgen nicht unbedingt den klarsten Kopf. Eigentlich war ich müde und reizbar. Ich hatte nicht besonders gut geschlafen.

Als ich Bushy bürstete und gleichzeitig versuchte, meine Strumpfhose aus Panchos Klauen zu befreien, läutete das Telefon erneut.

Julia, das Mädchen aus der Boutique Ariel, war am anderen Ende der Leitung. Sie war überaus freundlich, doch dahinter spürte ich eine gewisse Nervosität. Nachdem wir ein paar Minuten Konversation gemacht hatten, kam sie auf den Grund ihres Anrufs zu sprechen: Grace Ann und Samantha war es gelungen, einen neuen Termin mit Fliss Francis zu vereinbaren, und sie wollten die Foto-Session am nächsten Tag veranstalten. Sie wüßten, wie kurzfristig das war, aber könnte ich um zehn Uhr früh fertig sein?

Ich zögerte nur eine Sekunde; ich dachte, daß die Collins-Schwestern zwei der merkwürdigsten Damen waren, die ich je kennengelernt hatte. An einem Tag werfen sie dich kurzerhand hinaus – oder legen ohne Erklärung den Hörer auf –, und am nächsten Tag läuft alles wieder wie gewohnt, als wäre nichts geschehen. Sie schienen ihre legendäre Südstaaten-Liebenswürdigkeit ein- und ausschalten zu können wie einen Lichtschalter.

Vielleicht, dachte ich, muß man sich auf Knopfdruck um hundertachtzig Grad drehen können, wenn man es in der Textilbranche zu etwas bringen will. Und dann wieder um hundertachtzig Grad. Und wieder. Wie eine Uhr, deren Feder verrückt spielt.

Aber ich willigte trotzdem ein, an der Fotositzung teilzunehmen. Meine Ermittlungen im Freundeskreis der Collins-Schwestern standen erst ganz am Anfang. Und ich wußte nicht, wie ich sonst wieder Kontakt zu den Schwestern aufnehmen konnte. Außerdem brauchten Pancho und Bushy Sardinen *ohne* Gräten, und ich brauchte Winterstiefel Made in Finnland.

»Okay«, sagte ich. »Ich werde fertig sein.«

»Ach, das ist phantastisch, Alice. Und dann könnten Sie uns noch einen Gefallen tun.«

»Was denn?«

Sie schwieg. Ich konnte sie fast zählen hören, wie eine Schauspielschülerin ... vor einer Enthüllung oder einem Geständnis bis drei zählen.

»Wir haben überlegt, ob wir die Fotoaufnahmen bei Ihnen machen könnten.«

»Bei *mir*?«

»Ja. Grace Ann sagte, Ihr Loft wäre dafür perfekt geeignet – Fenster, Ziegelwände, Licht, Platz, alles. Und Sie brauchen sich keine Mühe zu machen mit Putzen oder so was. Fliss will, daß es so aussieht, als seien Sie gerade morgens aufgewacht, hat er gesagt. Sie wissen schon, so – ach, wie sagt man? Zerzaust ... Alice ... sind Sie noch dran?«

»Ja, ich bin da. Übrigens, Julia, wo sind denn Grace Ann und Samantha? Ich hätte eigentlich erwartet, daß eine von ihnen mich anruft.«

»Oh, sie sind in der Forsyth Street. Sie schwirren ständig hierhin und dorthin. Es gibt wahnsinnig viel zu tun.«

»Ich verstehe.«

»Also, was sagen Sie, Alice? Ich meine, es wären nur Sie und Alison da, Sarah und Eugenie Putnam – das sind die Schmuckdesignerinnen, Mutter und Tochter, die Pyjamas vorführen werden –, Grace Ann und Sam, Hector, Penny und Fliss, und vielleicht noch ein paar zusätzliche Hilfskräfte. Das ist alles. Wäre das zuviel verlangt?«

Bloß zehn oder zwölf Leute in meiner Wohnung – das ist alles, und das auf nüchternen Magen. Erstaunlich! Ich mußte lachen. Wessen Angestellte würde mich als nächstes anrufen? Die von Bobbin? Und worum würde mich die bitten?

»Na schön, Julia. Sagen Sie ihnen, es ist okay. Aber wegen meiner Nichte weiß ich nicht. Sie hat vielleicht zu tun.«

»Kein Problem«, sagte Julia. »Sie hat Zeit.«

Aha. Alison hatte sich mit den Collins-Schwestern dick angefreundet. Vielleicht würde die Zeit kommen, da ich sie um ihre Dienste als Vermittlerin würde bitten müssen. Wir würden ja sehen, wie lange es dauerte, bevor sie *ihr* die kalte Schulter zeigten. Doch das war nicht sehr wahrscheinlich, weil ich vermutete, daß Alison riesige Summen von Felix' Geld in der Boutique Ariel ließ.

Gemein, so über meine Nichte zu denken. Ich hatte keinen Beweis dafür, daß sie Felix' Geld hinauswarf.

Und wenn sie es tat, was spielte es für eine Rolle? Felix Drinnan, der etwa fünfzigjährige Psychiater, mit dem sie jetzt zusammenlebte, hatte mehr Geld als Rockefeller.

Und er war der liebenswürdigste und großzügigste Mann, den ich kannte. Er hatte mir einen wunderschönen Loft zur Verfügung gestellt, mietfrei.

Vielleicht nahm ich es Alison immer noch übel, daß sie aus meiner Wohnung ausgezogen war, um mit einem Mann zu leben, der doppelt so alt war wie sie und aussah wie der alte Filmschauspieler Brian Donlevy, bis hin zum Schnurrbart.

Aber abgesehen von seinem Schnurrbart hatte Felix eigentlich keine Laster. Es sei denn, Sammeln ist ein Laster. Er redete ständig voller Begeisterung über die Dinge, die er zwanghaft sammelte – von seltenen Briefmarken über Münzen und Füllfederhaltern bis zu haitianischer Kunst.

Dennoch, eine sehr überzeugende Intuition sagte mir, daß Alison in aller Stille eine der besseren Kundinnen der Boutique Ariel geworden war.

Intuition?

Das Wort war vielleicht ein wenig zu stark. Ich beschloß, es lieber im Reich der »Vermutung« zu belassen.

Genau wie ich vermutete, daß die beiden Schwestern Lainie Wiegel gefragt hatten, ob sie die Fotoaufnahmen wieder in ihrem Loft machen könnten, und daß sie abgelehnt hatte. Entweder das, oder es war sogar den ausschließlich mit sich selbst beschäftigten Collins-Schwestern in den Sinn gekommen, daß bei einer Wiederholung der Fotoaufnahmen, die mit Niles' Tod geendet hatten, in der Wiegel'schen Wohnung Lainie den Alptraum ein zweites Mal erleben müßte.

Ich hatte nicht vor, diese Spekulationen zu überprüfen, aber ich beschloß, Lainie trotzdem anzurufen. Jetzt, wo mich Sidney versetzt hatte, hatte ich Zeit.

Da ich keine getreue Angestellte hatte, rief ich selbst an.

Ich band ein Stück Schnur um eine kleine, mit Catnip gefüllte Stoffmaus und brachte den alten Bobbin dazu, zu zeigen, was in ihm steckte. Ich jagte ihn durch das ganze Wohnzimmer. Wir hatten viel Spaß miteinander, während Lainie Espresso kochte.

Als sie sich zu mir auf das Sofa setzte, löste ich die Schnur wieder ab und warf die Maus auf die andere Seite des Zimmers, wo Bobbin, die Nase in das Spielzeug vergraben, auf der Stelle einschlief.

»Lainie, ich gehe im Geist ständig alles durch, was an jenem Tag hier passiert ist.«

Sie nickte zum Zeichen, daß sie genau wußte, welchen Tag ich meinte, als wolle sie verhindern, daß ich Niles' Namen oder das Wort »starb« aussprach.

»Ich bin ganz darauf angewiesen, was Sie und die anderen, die hier waren, gesehen haben, weil ich selbst die meiste Zeit hinter diesem Wandschirm war und irgendwelche Sachen an- und auszog.«

»Ja, ich weiß«, sagte sie mit zittriger Stimme. »Aber ich hätte ebensogut auch hinter einem Wandschirm sein können. Es war soviel los. Ein ständiges Kommen und Gehen. Wer konnte da im Auge behalten, wer wo war?«

Richtig. Wenn tatsächlich jemand Niles ermordet hatte, dann hatte er oder sie genau damit gerechnet: daß wir nicht im Auge behalten konnten, wer wo war.

»Erinnern Sie sich, ob Sie gesehen haben, daß jemand anderer als Niles mit dem Essen hantierte?«

»Nein – aber warten Sie. Ich glaube, einmal hat Niles Ihren Freund in die Küche geschickt, um irgend etwas zu holen. Ja, ich erinnere mich, daß ich ihn dann mit unserem roten Lacktablett gesehen habe.«

Das half mir nicht besonders. Sie meinte Basillio. Ich wußte, daß er Niles nicht umgebracht hatte. Und Tony hatte ich bereits darüber ausgefragt, was er auf den Arbeitsflächen in der Küche herumliegen gesehen hatte.

»Da Sie Hector so sehr verdächtigen«, sagte ich, »fällt Ihnen irgend etwas Verdächtiges oder Feindseliges oder Drohendes ein, das er gesagt oder getan hat?«

»Nein, eigentlich nicht. Er und Niles bemühten sich anscheinend sogar, miteinander zu scherzen und freundlich zueinander zu sein, wie früher. Aber das war irgendwie nicht echt. Ich wußte, es war eine Show. Ich wußte, daß sie sich überhaupt nicht miteinander verstanden.«

»Können Sie sich ganz spezifisch daran erinnern, daß Sie gesehen haben, daß Hector allein in die Küche ging?«

Darüber dachte sie eine Minute lang nach, fast als ob sie vor ihrem geistigen Auge mit Gewalt ein Bild von Hector, der sich in die Küche schlich, erzwingen wollte, doch dann schüttelte sie den Kopf. »Ich weiß es nicht. Vielleicht ja. Vielleicht nein. Aber ich bin ziemlich sicher, daß er von Niles' Allergie gegen Mandeln wußte. Niles hat ständig Witze darüber gerissen, jedem gegenüber.«

Plötzlich schlug sie fast heftig die Hände auf den Mund. Ihr Blick wurde wild und verzweifelt, als könne sie es nicht ertragen, wieder über diese banale, blöde, mörderische Pastete zu sprechen. Die Attacke oder der Anfall – was immer es war – verging so schnell, wie sie gekommen war. Sie gab mir mit einer Geste zu verstehen, daß sie wieder okay war.

»Schön. War sonst jemand allein in der Küche?« fragte ich.

»Vielleicht – vielleicht Penny. Ja, ich glaube, sie war allein in der Küche. Aber vielleicht bilde ich es mir auch nur ein. Wissen Sie, ich glaube, ich habe gehört, wie sie Sam Collins erzählte, sie mache einen Fasttag und trinke nur Wasser. Ich glaube, so hält sie ihre schlanke Linie. Also, ich kann mich nicht genau erinnern, ob ich tatsächlich gesehen habe, wie sie ein paarmal in die Küche ging, oder ob sie bloß erwähnt hat, daß sie mehrmals am Tag Wasser trinken müsse.«

»Was wissen Sie sonst noch über Penny?«

»Nicht viel. Ich habe sie vor diesem Tag nur ein paarmal gesehen. Sie ist oft im Perfection, glaube ich.«

»Im Perfection?«

»Das ist eine Kneipe in der Mercer Street, in die Hector und Niles öfter gingen. Niles und ich waren mal auf einen Drink dort. Ich glaube, da haben wir Penny gesehen. Aber ich kannte sie eigentlich nicht gut. Sie ist mit Hector befreundet.«

Ja, soviel stand fest, wenn man an jenen heißen Kuß dachte, dessen Zeugen Tony und ich geworden waren. Doch jetzt war nicht die richtige Zeit, Lainie solche Dinge zu enthüllen. Neben anderen Gründen, weshalb ich ihr nichts von Hector und Penny verraten wollte, wollte ich auch nicht riskieren, daß sie Grace Ann etwas davon sagte – noch nicht.

»Hat Ihnen Niles viel über Hector erzählt?«

»Was meinen Sie?«

»Zum Beispiel, wie sie sich kennenlernten. Oder wo Hector geboren ist. Oder was er für Grace Ann empfindet. Solche Sachen.«

»Oh. Nein, soviel haben wir nicht über ihn gesprochen, glaube ich. Ich weiß, daß er aus Brasilien stammt, aber seit seiner Kindheit in den Staaten ist. Seine Eltern hatten mal Geld, aber jetzt ... sind sie tot, beide, glaube ich. Und er ist mit seinem Erbe nicht sehr vernünftig umgegangen.

Wie ich Ihnen schon sagte, führten er und Niles einmal zusammen ein Café, aber das war, bevor ich Niles kennenlernte.«

»Kannten Sie eine der anderen Frauen, mit denen er ausging? Vor Grace Ann, meine ich.«

»Nein.«

»Wissen Sie, ob er Drogen nimmt?«

»Wer tut das nicht?«

»Wie bitte?«

»Jeder nimmt doch irgendwann mal irgendwas, nicht wahr? Hector nicht mehr oder weniger als irgend jemand anderer.«

Das mußte ich erst verkraften. Ich glaube, meine Überraschung und meine Verwirrung hatten etwas mit dem Generationsunterschied zu tun. Ich habe nie viel darüber nachgedacht, aber ich hatte angenommen, daß die jüngeren Leute mit dem Ende der Disco-Ära aufgehört hatten, Drogen zu nehmen.

»Jedenfalls«, fuhr Lainie fort, »legt Hector viel zuviel Wert auf sein Aussehen, als daß er seinem Körper mit Drogen Schaden zufügen würde. Er sieht ja *wirklich* gut aus.«

»Ja«, pflichtete ich ihr bei, »aber Sie kennen doch den alten Spruch: Die wahre Schönheit liegt im Charakter.«

»Nein«, sagte sie, »kenne ich nicht. Aber ich habe wohl mit meiner Neugier in bezug auf Hector zu lange gewartet. Im letzten Monat, als er und Niles sich ständig stritten, weigerte sich Niles, mit mir über Hector zu reden. Er benahm sich, als wolle er nicht, daß ich auch nur seinen Namen erwähne.«

Der Rest meines Besuches bei Lainie verlief in ziemlich derselben Art. Sie kannte Niles' Freunde nur oberflächlich, weil sie, wie sie sagte, erst so kurze Zeit mit Niles zusammengewesen war.

Ich machte mir so meine Gedanken über Lainie. Ich fragte mich zunehmend, ob Basillio im Hinblick auf ihre ausweichende Art nicht doch den richtigen Riecher hatte. Seine Meinung, sie sei dumm, teilte ich allerdings nicht. Ich vermutete, daß sie entweder wirklich keine blasse Ahnung über die Freunde ihres verstorbenen Mannes hatte oder daß sie wesentlich klüger war, als wir dachten.

Lainie fuhr mit mir nach unten und wollte unbedingt von mir hören, daß ich mit meinen Ermittlungen weitermachen würde. Und ich versprach es ihr, wenngleich unter gewissen Vorbehalten.

Wir gingen miteinander zur Prince Street, wo sie ihre Einkäufe tätigte. Als wir uns an der Tür zu einem Fleischerladen verabschiedeten, hörte ich, wie der große, gutaussehende Mann hinter dem Tresen ihr sein Beileid ausdrückte. Er sprach mit einem starken französischen Akzent.

Lainie Wiegel – die typische kleine Witwe aus SoHo. Jung, hübsch und – jetzt – allein. Und selbst wenn ihr Niles kein Geld hinterlassen hatte, besaß sie immerhin einen wunderschönen Loft in einem der nobelsten Viertel von Manhattan.

War das nicht interessant – in SoHo sind selbst die Fleischer attraktiv.

Ich rief Tony von einem Telefonautomaten auf der Straße an. Er war nicht zu Hause. Doch ich teilte seinem – oder besser gesagt meinem alten – Anrufbeantworter mit, daß morgen die Fotosession stattfände und daß ich ihn heute abend mit seinem Bericht über Penny Motion im Loft erwartete.

In der kleinen Fleischerei in der Bleeker Street, die ich bevorzugte, seit ich in diese Gegend gezogen war, kaufte ich ein kleines, vorgebratenes Kalbssteak. Der Verkäufer dort war ganz anders als die schmalhüftigen europäischen Émigrés, die die Nahrungsmittelversorgung in SoHo offenbar gepachtet haben.

In meiner Gegend waren die Fleischer Italo-Amerikaner in der dritten Generation, stämmig und mit Neigung zu Glatzen, und trugen stets eine blutbespritzte Schürze. Sie flirteten gerne mit mir, und ich ließ es gerne zu.

Bei einem Straßenhändler besorgte ich mir frisches Obst und in dem muffigen alten Schnapsladen in der Hudson Street eine Flasche Rotwein zu einem erschwinglichen Preis. Dann ging ich nach Hause.

Die Katzen drehten durch, als sie das noch warme Kalbssteak rochen. Sie bettelten herzerweichend. Doch ich blieb fest. Ich gab ihnen etwas mehr gesundes Katzenfutter – es ist im wahrsten Sinne des Wortes knochentrocken – und mußte Bushys bohrenden Blick im Rücken ertragen, während ich im Loft herumging.

Ich dachte mir, eine gute Mahlzeit würde Tony in eine angenehme, entspannte Stimmung versetzen, so daß er mir dann erzählen würde, worüber er sich in letzter Zeit Sorgen machte. Je mehr ich über sein Benehmen in dem japanischen Restaurant nachgedacht hatte, desto mehr hatte es mich beunruhigt.

Doch als er kam, sah er gar nicht so aus, als müsse man ihn bemuttern. Er erschien ganz munter mit seiner eigenen Flasche Wein unter dem Arm und platzte fast vor Aufregung.

»Also, Miss Nestleton, auch als Twiggy bekannt, du kommst jetzt vielleicht in jede Modezeitschrift in der Stadt. Aber ich bin derjenige, der bei deinen Ermittlungen die kühnen Schritte setzt«, sagte Tony triumphierend.

»Was für kühne Schritte? Was meinst du damit, Tony?«

»Ich meine, ich habe die Schnüfflerin ausgestochen. Die Spionin überflügelt.«

»Damit meinst du mich, ja?«

»Richtig.«

»Über deine Beschimpfungen unterhalten wir uns später, Basillio. Jetzt sag mir nur, was du über Penny Motion herausgefunden hast.«

»Ich habe bloß einen kleinen Einbruch verübt«, sagte er böse vor sich hin lachend.

»O nein, Tony! Du bist doch nicht in ihre Wohnung eingebrochen! Das kannst du nicht getan haben!«

»Ruhig Blut. Es war nur ein Witz.«

»Um Himmels willen, Tony. Wirst du mir jetzt endlich sagen, was los war – bitte!«

»Na schön. Ich habe wirklich einen Einbruch verübt. Aber ich bin nicht in ihr Haus eingebrochen, sondern in ihre Handtasche.«

»Was?«

»Ja. Wahrscheinlich hatte ich mehr Glück als Verstand. Ich bin ihr heute nachmittag gefolgt und habe es dann vermasselt. Ich habe sie verloren. Bei Bergdorf's. Also ging ich auf einen Drink in diese Bar in der Fifty-seventh Street. Und wer spaziert dort zwanzig Minuten später hinein? Miss Motion. Sie traf sich zum Mittagessen mit einer Freundin, die in dem Laden arbeitet. Also, sie entdeckte mich –«

Ich stöhnte auf.

»Einen Augenblick. Warte. Wie ich soeben sagte, sie entdeckte mich und lud mich an ihren Tisch ein. Was konnte ich tun? Ihre Freundin ging dann, und Penny und ich blieben noch eine halbe Stunde. Als sie mal für kleine Mädchen ging, öffnete ich ihre Handtasche und sah mir schnell den Inhalt an. Willst du wissen, was ich gefunden habe?«

»Das weißt du doch.«

»Zwischen der Puderdose, den Tampons, dem grünen Lippenstift und der Scheckkarte fand ich einen dicken, fetten Scheck. Über siebentausendfünfhundert Dollar. Ausgestellt auf Miss Motion. Von einem gewissen Hector Naciemento.«

»Ich verstehe.«

»Ja. Und noch etwas Interessantes. Eine Geschäftskarte.«

»Was ist so interessant an einer Geschäftskarte?«

»Es war ihre eigene Geschäftskarte.«

»Was meinst du damit?«

»Auf der Karte stand ›Penelope Motion – Designerin – New-Age-Kleidung‹, und eine Adresse im westlichen Teil der 14th Street.«

Basillio faßte in die Hosentasche und zog ein Blatt von einem Notizblock heraus, auf dem er die Adresse in der 14th Street notiert hatte.

»Und wir haben sie für ein hirnloses Make-up-Girl gehalten, was? Ein Flittchen.«

»Solche Ausdrücke verwende ich nicht, Basillio«, sagte ich halbherzig. Ich versuchte, daraus schlau zu werden. Ich verstand nicht, was das alles zu bedeuten hatte, doch ich wußte, was Tony da aufgespürt hatte, war wichtig.

Die naheliegendste Erklärung war, daß Hector Grace Ann nicht nur betrog, sondern auch ausnahm, um seine jüngere Geliebte finanziell zu unterstützen. Aber eigentlich hatte ich nicht genug Beweise, um dessen sicher zu sein.

Und, was noch viel wichtiger war, selbst wenn unsere schlimmsten Vermutungen über Hector zutrafen – und das war höchstwahrscheinlich der Fall –, dann hatte das vielleicht gar nichts mit Niles Wiegels Tod zu tun. Zumindest konnte ich die Verbindung nicht erkennen.

Als Tony mit dem Kalbssteak fertig war, hatten wir seine Flasche Wein geleert. Ich stellte die Obstschüssel vor ihn hin und erklärte, das sei das Dessert, er rümpfte die Nase und begann die andere Flasche zu öffnen.

Tony schwoll noch immer der Kamm wegen seiner Entdeckung.

»Du bist ganz schön stolz auf dich, was?« stellte ich fest.

»Du etwa nicht? Ich habe dir gesagt, du gehst einem schmutzigen Geschäft nach, nicht wahr? Ich habe nichts getan, was du nicht auch getan hättest, wenn du die Gelegenheit gehabt hättest.«

Dagegen konnte ich nichts sagen.

Wir hatten den ganzen Abend über den Fall und alle daran Beteiligten gesprochen. Es war bereits nach elf. Der Abend war vorbei, und ich hatte noch nicht einmal angefangen, Tony nach seinen »Problemen« zu fragen.

Das würde auf ein andermal warten müssen. Ich mußte bald zu Bett gehen. Am Morgen würden hier die Heuschrecken der Modewelt einfallen.

Vielleicht hätte ich das Geschirr wegräumen, das Katzenkistchen saubermachen, eine Gesichtsmaske auflegen und das Bett neu beziehen sollen. Aber ich tat es nicht. Wenn Fliss Francis ein zerzaustes Ambiente mit Katerstimmung wollte, dann sollte er es haben.

Nein, ich würde nicht bis zum Umfallen die Wohnung für den morgigen Besuch herrichten. Und eins stand sowieso fest: Ich würde keine Pastete servieren.

KAPITEL 8

Bushy stand neben mir, wie ein kleiner Lakai.

Jedesmal, wenn jemand den Loft betrat, blickte er erwartungsvoll auf. Er war sicher, daß die Leute, sobald sie seiner ansichtig wurden, in Bewunderung ausbrechen würden. Vielleicht glaubte er, all die Menschen und die Fotoapparate seien zum Start seiner neuen Karriere als Filmstar hier. Ich weiß es nicht. Doch als ein schwindsüchtiges junges Mädchen in engen schwarzen Jeans hereinkam, das dicke schwarze Kabel schleppte und Bushy versehentlich auf den Schwanz trat ... also, da gab er es auf. Kreischend lief er in den hinteren Teil des Lofts, und ein paar Sekunden später ertönte Kampflärm. Er und Pancho lagen sich in den Haaren – ich glaube, in dem Korb, in dem ich meine Pullover aufbewahre.

Pancho war seit dem ersten Läuten der Türglocke um neun Uhr vierzig spurlos verschwunden.

Jetzt war es fast zehn Uhr dreißig. Der Wunderknabe war noch nicht erschienen, und einige von uns begannen sich darüber zu unterhalten, daß er auch das letzte Mal, als wir alle zusammengewesen waren, zu spät gekommen war – am Tag, als Niles starb. Die Gespräche wurden richtiggehend morbid.

Ich erinnerte mich kaum an Fliss Francis' Namen, geschweige denn an sein Aussehen. Er war ein paar

Minuten, nachdem ich Niles tot in der Küche aufgefunden hatte, im Loft der Wiegels eingetroffen. Der Rest jenes Tages verlor sich in einem Nebel aus Sirenen, Polizisten, Tränen und hektischen Telefongesprächen.

Jetzt waren wir wieder alle da und warteten auf Fliss. Bis jetzt keine Leichen. Und dann läutete es erneut an der Tür.

Es war nicht Fliss. Es war Sidney Rickover mit einem Armvoll Schnittblumen.

»Ich dachte, Sie wären in Denver«, sagte ich in rügendem Tonfall, als er mir einen der Sträuße überreichte.

Er glühte und wirkte glücklich. »Das war ich auch, nur kurz. Wir waren rasch fertig, also kürzte ich den Besuch ab. Ich war froh, von dort wegzukommen. Zu viele Berge. Das deprimiert mich.«

Der arme, liebeskranke Mann hatte vollkommen vergessen, daß ich einen Termin mit ihm wollte. Es war offensichtlich, daß dieser hochkarätige Anwalt so hoffnungslos in die jungfräuliche Samantha verliebt war, daß ihm jeglicher – juristische und sonstige – Verstand abhanden gekommen war.

Sidney sah nicht schlecht aus. Er trug ein helles, wunderbar gearbeitetes Sportjackett, das ein klein wenig zu jugendlich für ihn war.

Sein graumeliertes Haar war gestylt, ganz diskret. Alles an ihm schien zu sagen: *Schau mich an. Ich bin erfolgreich, kultiviert und fit.*

Auf seltsame Art erinnerte er mich an Felix Drinnan, den Lebensgefährten von Alison. Beide waren in ihrem Beruf erfolgreich. Sidney war Anwalt, Felix Psychiater, wenngleich seine psychiatrische Tätigkeit zum Großteil in der Beratung diverser Akkreditierungsgremien bezüglich der Ausbildung von anderen Psychiatern bestand.

Beide waren leidenschaftlich verliebt in eine bestimmte Frau. Beide schienen viel von ihrer Energie und einen guten Teil ihres Einkommens darauf zu verwenden, dieser Frau zu gefallen.

Aber hier, das wurde mir klar, hörte die Ähnlichkeit auf.

Felix' Liebe zu Alison wurde erwidert. Ich hatte keine Ahnung, wie sehr, aber sie lebte mit ihm, und er schien ihr wirklich am Herzen zu liegen.

Sidneys Liebe hingegen wurde anscheinend von Samantha total zurückgewiesen. Und da er, wie es aussah, eine Ablehnung nicht akzeptieren konnte – und ihr offenbar bis in alle Ewigkeit Blumen bringen würde – stand er am Ende dumm da.

Ich überlegte, wie ich wohl reagieren würde, wenn sich jemand so sehr in mich verliebte und ich nicht an ihm interessiert wäre.

Oh, so etwas Ähnliches war mir schon viele Male passiert. Besonders, wenn ich an einer Universität Schauspiel unterrichtete.

Doch es war immer ein jüngerer Mann, der sich Hals über Kopf in mich verknallte.

Niemals ein älterer, etablierter, reicher Mann wie Sidney oder Felix.

Wäre ich an Samanthas Stelle, würde ich ihn hinhalten, wie sie es unübersehbar tat, und nur seine Geschenke annehmen und ihn benutzen?

Oder hätte ich Mitleid und würde die Sache beenden?

Dann kam mir plötzlich ein Gedanke: Vielleicht war sich Samantha nicht einmal bewußt, wie grausam sie zu Sidney war. Vielleicht merkte sie gar nicht, daß ihretwegen Sidney wie ein sehr, sehr trauriger Idiot dastand.

Dann läutete es wieder.

Endlich stand der berühmte Fliss Francis vor mir. Er war genauso groß wie ich und hatte denselben hellen Teint wie ich. Er war jedoch nicht blond. Seine langen kastanienbraunen Haare waren an den Spitzen mattrot, und er trug ein schwarzes Samtcape. Er hatte etwas unleugbar altmodisch Dandyhaftes an sich.

Ich war begeistert von ihm!

Von dem Augenblick, in dem er durch die Tür hereinfegte wie ein kühler, von Blättern schwerer Wind, mochte ich ihn. Ich weiß nicht, warum.

Er hatte das fröhliche, schalkhafte Gesicht eines lieben kleinen Jungen, dem kein sehr langes Leben beschieden ist; die Ohren waren viel zu groß für seinen Kopf, und um seine langen Wimpern hätte ihn jede Frau beneidet. Mit diesen Wimpern klimperte er, als er mich unter der alten Kordmütze ansah, die er mit dem Schirm nach vorne trug – konträr zur herrschenden Manie, alle Mützen verkehrt herum aufzusetzen. Von jedem Zentimeter seiner schlaksigen Gestalt baumelten unzählige leinene und lederne Rucksäcke.

Und an seinem Arm hing – in russischen Zobel und schwarze Sportschuhe gekleidet – eine junge Frau, deren Gesicht wohl zu den bekanntesten auf der ganzen Welt zählte. Von Los Angeles bis Australien zierten ihr Gesicht und ihr Körper – beide atemberaubend – Zeitschriften und Zeitungen; sie warb für Schuhe um tausend Dollar das Stück, Gin für Snobs, Luxusautos, verrückte neue Düfte für Männer ... einfach alles. Ganz zu schweigen von ihrer ständigen Präsenz auf den Laufstegen in London, New York, Paris und Mailand.

Sie war eindeutig ein Wesen der neunziger Jahre, ein »Supermodel«.

Es war Hedy Rice, einsfünfundachtzig groß, deren unglaublichem Aussehen niemand entkommen konnte, der beim Zahnarzt eine Zeitschrift durchblätterte oder beim Sonntagsfrühstück Zeitung las oder die Klatschspalten in der Boulevardpresse verfolgte. Ich tat all das selten genug, doch selbst ich wußte, daß Hedys Vater ein pensionierter senegalesischer Diplomat war und ihre britische Mutter, eine Art zerstreute Professorin, eine Adelige wider Willen.

Überraschung Nummer zwei: Hedy und Fliss waren verlobt und wollten heiraten! Also, das warf mich *wirklich* um.

»Ja! Heiraten!« verkündete er lautstark, und alle im Raum stürzten sich auf die beiden Verlobten und zirpten und flatterten um sie herum wie aufgeregte Kanarienvögel.

Mein Gott, das sah ja aus wie eine Szene aus *Schneewittchen*.

Das alles machte mich sprachlos – ich fühlte mich vollkommen fehl am Platz. Irgendwann hatten sich offenbar die Regeln geändert, und man hatte vergessen, es mir zu sagen. Warum sollte ein berühmter junger Fotograf, der sich bewegte wie eine Ballerina und kleidete wie Oscar Wilde, eine Art Hyper-Frau heiraten? Eine weibliche Ikone. Eine Frau, deren Körper wie ein Schrein der weiblichen Sexualität war. Oder noch präziser ausgedrückt, warum sollte er überhaupt eine Frau heiraten?

Sex. Sexuelle Identität. Mann. Frau. Schwul. Nicht schwul. Vielleicht spielte das in der heutigen Welt überhaupt keine Rolle. Zumindest nicht in dieser kleinen Welt, mit der ich in letzter Zeit Bekanntschaft gemacht hatte. Vielleicht war das einzige, was in dieser engen kleinen Gemeinschaft zählte, die Tatsache, daß man *phantastisch* war.

Nun ja. Ich fühlte mich abwechselnd verwirrt, amüsiert und wirklich abgestoßen von diesen Leuten. Aber Fliss mochte ich dennoch.

Ich sah zu Basillio hinüber, der den Auftrag bekommen hatte, Steckdosen für die ganzen Geräte ausfindig zu machen. Er schien es diesmal genau wie das letzte Mal zu genießen, eine kleine Rolle bei diesem Ereignis spielen zu können. Ich hatte den Eindruck, daß es ihm besonders Freude machte, die schöne Miss Eugenie Putnam anzugaffen, die zusammen mit ihrer umwerfenden silberhaarigen Mutter in hauchdünnen weißen Pyjamas fotografiert wurde, die im grellen Licht der Scheinwerfer vollkommen durchsichtig waren.

Tony fragte mich, ob er in die Küche gehen und für alle Kaffee machen sollte. Das kam überhaupt nicht in Frage, antwortete ich. Wenn jemand etwas zum Frühstück wollte – und sei es nur einen Teebeutel –, dann mußte er es schon telefonisch im Delikatessengeschäft in der Greenwich Avenue bestellen. Es würde keine Vorfälle mit giftigen Lebensmitteln mehr geben – nicht, wenn ich es verhindern konnte.

Als Fliss endlich ernsthaft zu arbeiten begann, so um halb zwölf, war Hedy schon wieder weg. Eine überlange Limousine war vor dem Haus stehengeblieben und hatte sie zu Aufnahmen für eine Talk-Show entführt.

Sie hatten Alison total abgeschminkt. Sie sollte am Fenster neben meinem Bett posieren, das man total zerwühlt und zerknittert hatte, wahrscheinlich um den Eindruck einer schlaflosen Nacht zu vermitteln. Ihr wilder, strubbeliger Lockenkopf sah aus, als hätte sie sich damit auf dem Heuboden gewälzt. Es hatte fünfunddreißig Minuten gedauert, bis dieser Eindruck erzielt wurde; während der ganzen Zeit mußte ich reglos am Fußende des Bettes stehen, eine leere Teetasse in der Hand, die ich Alison tröstend hinhalten sollte.

Fragen Sie mich nicht, was das Bild aussagen sollte. Ich vertraute dem Urteil von Fliss Francis – wie das offenbar auch die Collins-Schwestern taten –, daß dieses merkwürdige, gewollt künstlerische Foto die Frauen, die es ansahen, dazu bewegen würde, die kurzen, perlenbesetzten weißen Kleidchen zu kaufen, die wir trugen.

Während wir darauf warteten, daß das Mittagessen geliefert wurde, fiel mir auf, wie wenig die Collins-Schwestern die ganze Zeit mit mir gesprochen hatten. Nur wenn etwas an mir zusammengesteckt oder ausgestopft werden mußte oder wenn es Zeit war, etwas anderes anzuziehen, sprach Samantha mit mir. Grace Ann hatte mich Fliss bei seiner Ankunft mit sehr knappen Worten vorgestellt – und es wie durch ein Wunder geschafft, nicht zu erwähnen, daß wir einander sozusagen über Niles' Leiche bereits begegnet waren. Seither hatten mich Grace Ann und Samantha gemieden wie die Pest.

Fliss schienen solche Feinheiten kalt zu lassen. Ganz allein saßen wir an dem Fenster, an dem Alison mit ihren perfekten vollen Lippen eine Pose nach der anderen eingenommen hatte, und verstanden uns prächtig.

Er sagte, es ginge »die Fama«, daß Niles' Tod kein Unfall gewesen sei, und er fragte mich rundheraus, ob ich dächte, daß heute jemand umgebracht würde.

»Ich tue, was ich kann, um das zu verhindern«, antwortete ich.

»Wenn Sie mich fragen«, meinte er ein paar Minuten später, »wer immer Niles kaltgemacht hat, hätte auch seinen gottverdammten Kater ins Jenseits befördern sollen. Ich meine, schließlich hätte Niles es so gewollt, meine Liebe. Wo er doch so vernarrt war in das blöde Vieh.«

»Sie kennen Bobbin?«

»Oh Gott, ja. Der ist ja ein gottverdammter Bär.

Aber ich bin wohl voreingenommen. Bin nie gut mit Katzen ausgekommen. Sie sind solch selbstsüchtige, boshafte Geschöpfe.«

Oh. Fliss Francis verspielte gerade sehr schnell seine Vorschußlorbeeren bei mir.

»Kein Wunder, daß ich sie nicht ausstehen kann«, fuhr er fort. »Sie sind mir viel zu ähnlich.«

Okay. Diese Art kritisches Selbstverständnis brachte ihm wieder ein paar Pluspunkte ein.

»Sie kennen also die ganze Geschichte, wie Bobbin bei Niles und Lainie gelandet ist, Fliss?«

»Jedes absurde Detail. Warum?«

»Weil ich danach lechze, sie zu erfahren.«

»Wirklich? Wozu in aller Welt? Ich muß Sie falsch eingeschätzt haben, liebe Alice. Ich dachte nicht, daß Ihr Leben so langweilig ist, daß Sie sich für – Oh, einen Augenblick! Sie sind ja die Schauspielerin, nicht wahr? Sie wollen sie studieren ... oder so was ... die Damen Collins, meine ich.«

Ich bestätigte Fliss' Annahme nicht, und ich bestritt sie nicht. Ich lächelte nur.

Er fuhr fort: »Nun, meine Liebe, das Problem mit dem kleinen Bobbin begann bald nachdem aus Grace Ann und Hector – oh, wie bezeichnet sie es doch gleich?«

»Freunde wurden«, half ich ihm weiter.

»Ja, genau. Freunde. ›Bezaubernde Freunde.‹ Ich meine, also *bitte*! Jedenfalls begann Hector ein paar Nächte in der Woche bei Grace Ann und Samantha zu verbringen. Als diese bezaubernde Freundschaft eine Zeitlang so gelaufen war, teilte Hector Grace Ann mit, daß er eine Allergie gegen Katzenhaare entwickelt habe. Eine Allergie gegen Bobbin? fragt sie. Also fliegt das kleine Monster in hohem Bogen 'raus. Was tut man nicht alles für einen Freund – nicht wahr? Besonders wenn er so himmlische Grübchen und einen so göttlichen Körper hat. Stimmt's, meine Liebe? Ich meine, ist doch so, oder?«

Fliss warf seine Locken über eine Schulter zurück. »Und Samantha hat nicht dagegen protestiert?«

»Protestiert? Gerade, daß sie sich nicht vor einen Zug geworfen hat. Aber es nützte nichts. Grace Ann war entschlossen, für den lieben Bobbin so schnell wie möglich ein neues Zuhause zu finden. Daß Bobbin für Samantha wie ihr eigenes Kind war, machte auf Grace Ann absolut keinen Eindruck. Schließlich war sie eine Frau, die eine ... bezaubernde Freundschaft hatte.«

Fliss lachte hämisch. »Diese beiden, o diese beiden! Ich bin überzeugt, zwischen denen läuft im Geheimen irgend etwas wie in *Was geschah wirklich mit Baby Jane*. Besonders was Sam anlangt. Aber bei Gott, wie diese Frau Samt zuschneiden kann! Sie ist ein Genie, nicht wahr?«

»Das stimmt. Also, was geschah, als Samantha Grace Ann in bezug auf den Kater nicht umstimmen konnte?«

»Oh, Sam bekam einen kurzen Strafaufschub – besser gesagt, Bobbin. Sie konnten niemanden finden, der das alte graue Monster aufnehmen wollte. Nicht einmal Grace Ann brachte es über sich, ihn auf die Straße zu setzen. Sie hatte Sam versprochen, ihn nicht wegzugeben, bis sie ein gutes Heim für ihn fand. Aber es gab niemanden, der ihn wollte. Das heißt, bis – «

»Bis Niles kam.«

»Ja, bis Niles kam. Der sich nicht nur einverstanden erklärte, das arme Vieh aufzunehmen, sondern beschloß, sein Leben Bobbin zu widmen. Er war völlig verrückt nach ihm. Er war mehr als bereit, dem Kater ein Heim zu bieten. Und die erste, der er sich anvertraute, war Samantha. Der Dummkopf!

Nun, Samantha bat ihn inständig, Hector und Grace Ann nichts davon zu sagen. Aber er bestand darauf. Er mußte seinen Bobbin einfach haben. Und so kam es auch.«

»Und Samantha verachtete ihn deswegen«, warf ich ein.

»Ja. Sie verachtete ihn. Gelinde ausgedrückt.«

»Eigentlich«, sagte ich, »muß sie ihn noch mehr gehaßt haben als Hector, der das alles auslöste, indem er sich über die Katze beschwerte.«

»Ist das nicht zum Kotzen? Ist das nicht unerträglich exzentrisch?«

»Ich weiß nicht, Fliss. Man kann an so einem Tier extrem hängen. Manchmal sind sie bessere Freunde als ... Freunde.«

»Nun, ich bleibe dabei, daß es absonderlich ist. Wie dem auch sei, Samantha benahm sich eine Zeitlang, als hätte man ihr das Herz aus dem Leib geschnitten oder so was. Für sie war es das Ende. Stellen Sie sich das vor! Da wohnt jemand keine zehn Meter von der Eighth Avenue entfernt – noch dazu jemand, der in Mississippi geboren ist –, und alles, was sie interessiert, ist –«

Er war abrupt verstummt.

»Was?« fragte ich. »Was wollten Sie sagen, Fliss?«

»Wie unwichtig das doch jetzt ist, meine Liebe. Mir ist gerade klargeworden, was ich da getan habe.«

»Was meinen Sie? Was haben Sie denn getan?«

»Ich habe die arme, verrückte Samantha wegen Mordes ins Gefängnis gebracht, nicht wahr?«

Er sah mich erwartungsvoll an.

Die nächste Pause machten wir zur Teezeit. Um etwa halb fünf Uhr nachmittag.

Dann arbeiteten wir bis zwanzig vor sieben am

Abend. Ich hatte Pancho und Bushy seit Stunden nicht mehr gesehen. Ich konnte nur vermuten, wie wütend sie über all das sein würden.

Ich hatte das Gefühl, die Heuschrecken der Modewelt würden niemals gehen. Aber schließlich taten sie es doch.

Nur Alison und Tony blieben. Meine Nichte stand an einem Fenster am anderen Ende des Loft. Bedrückt starrte sie hinaus.

»Hältst du nach Felix Ausschau, Alison?« Ich nahm an, er würde sie abholen und zum Abendessen ausführen.

Sie gab keine Antwort. Sie reagierte überhaupt nicht. Ich ging zu ihr hinüber.

»Alison! Was ist denn los?«

Plötzlich wirbelte sie herum und warf sich schluchzend in meine Arme. Ich wußte nicht, was ich tun sollte, also hielt ich sie nur fest.

Dann lockerte sie ihren Griff und trat einen Schritt zurück.

»Ist es wegen Felix?« fragte ich.

Sie schüttelte den Kopf.

»Ist während der Fotositzung irgend etwas passiert?« drängte ich sie. Sie war wirklich sehr unglücklich, das war unverkennbar.

Wieder schüttelte sie den Kopf. Sie hielt eine Hand hoch, um mir zu verstehen zu geben, daß sie es mir sagen würde, sobald sie ihre Tränen unter Kontrolle gebracht hatte.

Ich wartete. Sie war bezaubernd, selbst wenn sie unglücklich war. Ihr Haar war jetzt kurzgeschnitten, doch wenn ich sie anblickte, sah ich stets die unglaublich langen goldenen Locken. Wie die ihrer Mutter. Wie die Haare meiner armen Schwester. Haare wie Rapunzel, hatte meine Großmutter immer gesagt.

Man konnte sie aus einem Burgfenster hängen lassen, damit ein Liebhaber daran hochklettern konnte.

»Ich komme mir so mies vor«, sagte sie schließlich.

»Warum?«

»Weil ich mich dir gegenüber schrecklich benommen habe, Tante Alice. Ich habe dich so verdammt vernachlässigt.«

»Wovon in aller Welt sprichst du?«

Sie packte meine Hand. »Erinnerst du dich, wie schön es war, als wir einander bei den Dreharbeiten in Frankreich entdeckten?«

»Ich werde es nie vergessen.«

»Ich auch nicht. Weil es ein Wunder war. So etwas passiert einfach nicht. Und es war noch schöner und wunderbarer, daß du mich in die Staaten mitnahmst. Und mir wieder eine Familie gabst. Und einen Ort, wo ich leben kann.« Sie hielt inne und drückte ganz fest meine Hand.

»Aber was habe ich getan, um es dir zu vergelten, Tante Alice? Ich sage dir, was ich getan habe. Nichts, absolut nichts. Ich habe dir nicht beim Catsitten geholfen. Als diese junge Frau, die Pancho helfen sollte, ermordet wurde, habe ich dir bei deinen Ermittlungen überhaupt nicht geholfen. Und der Gipfel der Undankbarkeit – in dem Augenblick, als mich Felix bat, mit ihm zusammenzuziehen, habe ich dich verlassen.«

Sie ballte ihre Hände zu Fäusten und fügte hinzu: »Ich habe nicht einmal deine Katzen gefüttert!«

Ich blickte an ihr vorbei und sah, daß sich Tony bemühte, diskret zu sein … und wegzuhören.

Und dann machte ich, wie es in schwierigen Situationen so meine Art ist, eine vollkommen banale Bemerkung.

Ich sagte: »Das Leben eines Supermodels ist kein Honiglecken.«

Keine Ahnung, warum mir das plötzlich einfiel. Oder was es bedeutete. Oder ob ich witzig sein wollte.

Doch Alison starrte mich einen Augenblick nur an. Und brach dann in hysterisches Lachen aus. Ich ebenfalls.

Die Situation war entschärft.

Als sich die Heiterkeit gelegt hatte, sagte Alison: »Tut mir leid, daß ich mich so aufgeführt habe.«

»Keine Ursache.«

»Es war der Fototermin. Der hat mich aus dem Gleichgewicht geworfen.«

»Willst du damit sagen, es war dir ein bißchen zu viel?«

»Mehr als nur ein bißchen, Tante Alice. Es hat mich richtig trunken gemacht. Ich meine, es war erstaunlich. All diese schönen Menschen, die uns behandelten, als wären wir seltene Juwelen. Und das Make-up, die Scheinwerfer und die ... Also, jedenfalls, als dann alles aus war und die Leute allmählich gingen, war es, als wäre das Fest vorbei. Weißt du, was ich meine?«

»Ja, ich weiß. Die Modebranche ist mit dem Theater verwandt.«

»Und deshalb überfiel mich plötzlich eine richtige Depression. Von einem Augenblick auf den anderen. Aber jetzt geht es mir wieder gut.«

Ich gab ihr einen Kuß auf die Stirn. Dann witzelte ich: »Wenn du und ich als Negligé-Königinnen reich und berühmt geworden sind, engagieren wir einen Psychiater. Der muß uns dann nach jedem Fototermin behandeln. Aber nicht Felix. Ich meine einen altmodischen Freudianer.«

»Und eine Masseuse«, fügte sie hinzu.

»Selbstverständlich.«

»Und einen Koch.«

»Und einen Lakaien.«

Das verwirrte mich. »Warum einen Lakaien?«

»Der muß uns Käse und Wein servieren.«

»Warum nicht?«

»Und einen Schuster.«

»Warum nicht?«

»Jedes berühmte Model sollte ihren eigenen Schuster haben.«

»Einen Korsen«, schlug ich vor.

»Ja. Unbedingt einen Korsen. Einen großen, schlanken jungen Mann mit kräftigen Händen. Er sieht schwindsüchtig aus. Aber er ist es nicht. Sein einziger Lebensinhalt ist es, elegante Schuhe zu machen.«

Sie hielt in ihrem Tagtraum inne und sagte dann etwas auf französisch zu mir. Wenn Alison aufgeregt oder gestresst war, verfiel sie häufig ins Französische. Ich verstand nicht, was sie sagte. Man sah es mir an.

»Tut mir leid. Ich habe dich gefragt, ob du glaubst, daß wir es schaffen, in die *Vogue* zu kommen.«

»Warum nicht?«

»Nur in die amerikanische Ausgabe?«

»Vielleicht auch in die französische *Vogue.*«

»Überlegen wir mal – wie viele gibt es?« dachte sie laut nach.

»Ich weiß nicht. Es gibt auch eine britische *Vogue*. Und eine deutsche. Und eine italienische.«

»Was ist mit Albanien? Haben die eine *Vogue*?«

»Ich weiß nicht.«

»Armes Albanien«, sagte sie. Dann gab sie mir einen Kuß, drehte sich abrupt um und ging zur Tür, wobei sie sich übertrieben in den Hüften wiegte wie die Models auf dem Laufsteg.

Ich sah ihr nach. Allmählich wurde ich müde.

Das Leben eines Supermodels ist kein Honiglecken.

Ich holte zwei Flaschen kaltes Bier aus dem Kühlschrank und bot Tony eine an. Zu meiner Überraschung lehnte er ab.

»Ich muß laufen, Schwedenmädel.«

»Ach so? Aber ich habe Hackbraten –«

»Morgen. Ich esse ihn kalt.«

»Und ich hatte noch gar keine Gelegenheit, dir zu erzählen, was ich über Bobbin und die Wiegels herausbekommen habe.«

»Ich muß laufen, Schwedenmädel.« Er fummelte bereits am Schloß der Eingangstür herum.

»Wohin gehst du, weshalb hast du es so eilig, Tony?«

»Muß rechtzeitig im Theater sein. Ein Freund hat Karten.«

»Oh, okay. Dann lauf.«

»Auf Wiedersehen. Und morgen auch Teil zwei der Aktion ›Motion‹«, hörte ich Tony noch sagen, als er zur Tür hinausging.

Ich starrte ihm verwirrt nach.

»Das bedeutet, ich werde Penny weiter beschatten«, rief er über die Schulter zurück. »Bis dann, Schwedenmädel.«

Während ich mein Bier trank, überlegte ich, was ich tun würde, sollte ich mich unsterblich, leidenschaftlich, hoffnungslos in einen Mann verlieben, der allergisch auf Katzen ist. Das Problem schien unlösbar zu sein, bis ich entschied, ich könnte niemals einen Mann lieben, der allergisch auf Katzen ist. So einfach war das.

Seltsamerweise fand ich Samanthas Haß auf Niles unter den gegebenen Umständen gar nicht so unglaubhaft.

Seltsamerweise ertappte ich mich dabei, wie ich mir Dutzende hinterhältige Methoden ausdachte, mich an jemandem zu rächen, der mir ein Tier wegnahm, das ich geliebt und mit dem ich jahrelang gelebt hatte.

Diesen gewalttätigen Phantasien gab ich mich einige Minuten lang hin, bevor sich mein Schamgefühl einstellte.

Ich öffnete die zweite Flasche Bier.

Aus dem Nichts landete plötzlich Pancho auf dem Sofa. Eine Minute später folgte Bushy, nur setzte sich der auf meinen Schoß und blieb ein Weilchen. Gemeinsam sahen wir zu, wie Pancho seine Feinde erschnüffelte – in dunklen Ecken, hinter dem Herd, auf den Arbeitsflächen.

Als ich fertig zum Schlafengehen war, hegte ich kaum Zweifel, daß Samantha Collins Niles Wiegel umgebracht hatte. Egal, wie verrückt ihr Motiv für einen Außenstehenden aussehen mochte.

Ich war so gut wie sicher.

Das Problem war, ich hatte nicht die leiseste Ahnung, was ich deswegen unternehmen sollte.

Das Telefon weckte mich aus einem recht interessanten Traum. Darin war ich nur eine der vielen Frauen in Fliss Francis' riesigem Harem, für den Samantha und Grace Ann Collins alle Kleider nähten. Es war mein Hochzeitstag. Aber ich hatte auch einen Termin für meine Enthauptung. Grace Ann erklärte mir gerade, warum das Kleid, das sie mir verkauft hatten, so ein vernünftiger Kauf war.

Drei Uhr dreißig in der Früh! Wer zum Teufel rief mich um diese Zeit an? Auf dem Weg zum Telefon begann ich mir mögliche Antworten auf diese Frage zu geben. Anrufe um halb vier Uhr früh bedeuteten ausnahmslos schlechte Nachrichten. Ausnahmslos. Ein Anruf um halb vier Uhr früh bedeutete die ärgsten Probleme.

Vorsichtig hob ich den Hörer ab.

»Katzenfrau? Hallo, sind Sie dran?«

»Wer spricht dort?« fragte ich.

»Sie wissen nicht, wer hier spricht, Katzenfrau?«

»Rothwax? Rothwax, sind Sie das?«

»Richtig. Genau der.«

»Warum in aller Welt rufen Sie mich um halb vier Uhr früh an?«

»Was für eine Rolle spielt die Zeit für ein katzenhaftes Wesen wie Sie? Streifen Sie denn nicht die ganze Nacht umher?«

»Sagen Sie, haben Sie den Verstand verloren, Lieutenant Rothwax?«

»Nennen Sie mich, wie Sie wollen. Aber nennen Sie mich nicht mehr ›Lieutenant‹. Ich bin jetzt *Mister* Rothwax. Habe einen neuen Job. Bin jetzt Leiter des Sicherheitsdienstes für den Verband koreanischer Kaufleute.«

»Sie machen Witze. Sie sind von der Polizei weggegangen?«

»Haben Sie geglaubt, das würde ich niemals tun?«

»Ich glaube, Sie rufen an, weil Sie Hilfe brauchen.«

»Es braucht schon jemand Hilfe. Aber nicht ich.«

»Wovon reden Sie, Rothwax?«

»Ich habe gerade einen Anruf von Ihrem Freund Anthony erhalten.«

»*Basillio*?«

»Stimmt. Er wird von Kriminalbeamten in Manhattan North zum Verhör festgehalten.«

»Weswegen?«

»Es geht um einen Mord.«

Da wurde mir ganz kalt. »Reden Sie weiter«, brachte ich schließlich heraus.

»Sieht aus, als hätte er bei so einem jungen Mädchen gewohnt, einer gewissen Penny Motion. Er kam kurz nach Mitternacht mit einem eigenen Schlüssel in ihre Wohnung. Behauptet, sie sei bereits tot gewesen, als er hinkam. Er fand sie auf dem Badezimmerfußboden, sagt er, mit einem Handtuch erdrosselt. Er hat einem der Polizisten in Manhattan North meinen Namen genannt. Der rief mich an und sagte, Basillio möchte, daß ich mich mit Ihnen in Verbindung setze.«

Ich dankte Rothwax für seine Hilfe und wünschte ihm für seinen neuen Job alles Gute – das heißt, ich glaube, daß ich das tat. Ich bin nicht sicher. Ich wußte nur, daß mein Mund so trocken war, daß mir der Hals weh tat.

Jetzt brauchte ich zwei Dinge. Sie gingen mir immer wieder im Kopf herum. Ich sah sie in leuchtenden Pappbuchstaben vor mir: WASSER und KRAFT.

Ich brauchte Wasser und Kraft. Kraft und Wasser.

Doch beides schien in weiter, weiter Ferne zu sein. Und ich konnte meine Beine nicht bewegen.

KAPITEL 9

»Ich wünschte, du würdest mich endlich erschießen oder so was.«

Ich schwieg.

Die Kriminalbeamten hatten Tony um sieben Uhr früh laufen lassen. Er und ich waren wie blind aus der Polizeistation gestolpert und in das erste Taxi gestiegen, das wir sahen. Wie betäubt hatten wir auf dem Rücksitz gesessen; all die Fragen, die Vorwürfe, der Zorn brodelten unter der Oberfläche und warteten darauf, auszubrechen.

Jetzt waren wir im Loft. Die flirrende Morgensonne und die berückende Herbstbrise schienen uns mit ihrem Liebreiz zu verspotten.

»Ich meine es ernst. Mach schon!« sagte er kläglich. »Es wäre mir lieber, du würdest mich erschießen, als mich weiterhin so anzusehen.«

»Stell mich nicht noch einmal vor diese Wahl, Tony. Ich könnte dich beim Wort nehmen«, antwortete ich.

»Wie oft soll ich noch sagen, daß es mir leid tut, hmm?«

»Du sollst es überhaupt nicht sagen, Tony. Ich will es nicht hören. Und weißt du, warum?«

Ich gab ihm gar keine Gelegenheit, zu antworten.

»Weil du dich für das Falsche entschuldigst, Tony, darum. Wenn du dich mit diesem Mädchen amüsieren wolltest, dann war das deine Sache. Wir sind nicht verheiratet, und ich halte dich nicht an der Leine. Nein! Was du mir als ... Kameradin ... als Kollegin ... angetan hast, macht mich so wütend auf dich. Du hast mich *belogen*. Du hast mich getäuscht. Du hast mir eine Lüge aufgetischt, wie du an diese Informationen über Penny herangekommen bist. Und du hast dieser Ermittlung geschadet. Du hast ein Chaos angerichtet! Verstehst du das nicht?«

»Aber alles, was ich dir über Penny erzählt habe, stimmt. Der Scheck von Naciemento. Die eigenartige Geschäftskarte. Alles.«

»Ja. Nur, daß du nicht in einer Kneipe in ihre Handtasche geschaut hast, nicht wahr? Du hast nachgesehen, während sie unter der Dusche stand oder so was.«

»So was Ähnliches«, sagte er zerknirscht.

»Sieht aus, als wärst du auch Penny gegenüber nicht besonders ehrlich gewesen. Du hast mit ihr geschlafen, aber du hast auch sie betrogen. Du hast sie *ausspioniert*, nicht wahr? Du hast sie belogen. Du hast sie benutzt. Genau das, was du mir vorgeworfen hast. Eigentlich hast du dich all der Dinge, die du mir vorgeworfen hast, selbst schuldig gemacht. Stimmt das nicht, Tony?«

Er wandte den Blick ab.

Ich spürte, was er empfand. Was er sah. Eine junge Frau in grotesk verkrümmter Haltung. Das verknotete Handtuch. Der plötzliche Anblick des Todes. Das Ende der Liebe. Für Penny Motion das Ende von allem. Ich spürte auch, was er jetzt brauchte: Mitgefühl. Aber von mir würde er es nicht bekommen – nicht jetzt.

»Stimmt das nicht?« fragte ich wieder. »Du hast sie zum Narren gehalten, so wie du mich zum Narren gehalten hast.«

»Das ist doch verrückt, und du weißt es!« brüllte er. »Ich habe dich nie zum Narren gehalten. Und ich war hinter Penny her, weil ich auf sie abfuhr. Das ist alles. Ich war scharf auf sie und konnte nichts dagegen tun. Aber ich habe auch sie nicht zum Narren gehalten.«

»Nein, es war wohl eher anders herum.«

»Was heißt, anders herum?«

Ich begann sarkastisch zu lachen. »Ich meine, daß eher Penny dich zum Narren gehalten hat, nicht wahr? Du hast bereits zugegeben, daß du gleich am ersten Abend, an dem du sie kennenlerntest, mit ihr geschlafen hast – nachdem Niles umgebracht worden war. Also muß es ein Schock für dich gewesen sein, als du sie mit Hector sahst. Ich wette, da bist du dir wie ein Idiot vorgekommen, nicht wahr? Wie hast du es geschafft, nicht hinzugehen und eine Szene zu machen?«

»Wie du gesagt hast, ich habe – hatte – sie nicht an der Leine.«

»Stimmt! Und du wußtest auch, daß dir Hector eins übergezogen hätte.«

»Sei bloß nicht so verdammt sicher, daß ich so ein Schwächling bin, Schwedenmädel. Dieser Vollidiot. Wenn du eine bessere Meinung von mir hättest, vielleicht –«

»Vielleicht was? Was, Tony? Vielleicht bin *ich* schuld an deiner jämmerlichen Midlife-Panik – an deinem lächerlichen Verlangen nach einem Mädchen, das halb so alt ist wie du? Wolltest du das sagen? Daß es meine Schuld ist? Weil ich dich nicht wie den ach so männlichen Macho behandelt habe, der du bist? Weil ich dich nicht genug geschätzt habe?«

»Weil du mich nicht genug geliebt hast«, korrigierte er, jedes Wort voller Bitterkeit.

»Ach, laß das. Ich dachte, was das anlangt, verstünden wir uns.«

Und ich dachte wirklich, daß Basillio und ich uns

vor langer Zeit darüber geeinigt hätten. Tony neigte dazu, etwas allzu leicht seine Liebe zu beteuern. Und schrecklich verletzt zu sein, wenn ich seine Gefühle nicht mit derselben Intensität erwiderte.

Es gibt verschiedene Arten von Liebe, hatte ich einmal zu ihm gesagt.

Ich hatte ihm auch gesagt, daß wir etwas Besseres hatten als die alles verzehrende Leidenschaft, die er zu brauchen schien, besser als die blauäugige, jugendliche Art von Liebe, von der er immer sprach. Wir waren Freunde. Wir hatten eine gemeinsame Geschichte. Und wir hatten Sex miteinander. Selbst, wenn andere Affären dazwischenkamen, darunter auch einige ernsthafte, fanden Basillio und ich doch immer wieder zusammen.

»Vielleicht hast *du* es verstanden, Schwedenmädel. Und das ist für dich doch das einzige, was zählt. Bei dir sind die Dinge immer ein wenig einseitig. Du mußt immer das Sagen haben.«

»Na schön, Tony! Das reicht! Schluß mit den abgedroschenen Sprüchen, und Schluß mit der Diskussion über uns. Jedenfalls über mich.«

»Siehst du? Siehst du, was ich meine? *Du* hast beschlossen, daß die Diskussion über uns beendet ist. Also ist sie beendet.«

»Sie *ist* beendet, Basillio. Weil sie jetzt unwichtig ist. Dir scheint nicht klar zu sein, in welchen Schwierigkeiten du wahrscheinlich steckst.«

»Und ob mir das klar ist! Ich weiß, daß die Bullen die Sache liebend gerne feinsäuberlich abschließen würden, indem sie mich dazu bringen, zu sagen, ich hätte das Mädchen getötet. Ich weiß, daß ich möglicherweise tief in der Scheiße stecke. Aber was soll ich tun – mich noch einmal bei dir bedanken, daß du mir bei der Polizei und mit dem Anwalt und Rothwax und allem anderen geholfen hast? Soll ich auf die Knie fallen?«

»Nein, du Idiot! Du solltest mir eigentlich helfen, herauszufinden, wer diese Leute umbringt. Und jetzt glaube ich, daß du das nicht mehr tun kannst.

Du kannst jetzt bei den Ermittlungen wohl kaum mehr objektiv vorgehen. So wie du nicht objektiv sein konntest, als du über deine eigene Geliebte ›Beweise gesammelt‹ hast. Verstehst du denn nicht«, schrie ich ihn an, »daß du jetzt ein Mordverdächtiger bist – mein Gott, Tony!«

»Ich schwöre, ich habe Penny nicht umgebracht.« Verzweifelt packte er mich am Arm und wiederholte: »Ich habe sie nicht umgebracht!«

»Glaubst du, das weiß ich nicht?« fauchte ich ihn an und schüttelte rüde seine Hand ab. Was mir gleich wieder leid tat. In seiner Stimme lag soviel Schmerz und Angst.

»Hör zu, Tony, der Tag – und auch die Nacht – oder der Tag und die Nacht – was immer – war lang und furchtbar. Du bist von der Polizei in die Mangel genommen worden. Du bist erschöpft, und ich auch.«

»Ja«, sagte Tony ausdruckslos. »Wir brauchen unseren Schlaf. Wir beide.«

Er stand auf und streckte müde die Arme. Ich sah, wie er sehnsüchtig auf mein Bett hinüberblickte.

»Nicht hier, Tony. Diesmal nicht.«

»Okay.«

Er schien eine Ewigkeit zu brauchen, bis er an der Tür war. Und als er es schließlich geschafft hatte, drehte er sich mit gesenktem Blick wieder zu mir um. »Hör zu, Schwedenmädel –«

»Nenn mich nicht so, nicht jetzt, Tony.«

»Okay. Wann kann ich dich wieder so nennen?«

»Wenn wir deine Unschuld bewiesen haben ... vielleicht.«

»In Ordnung. Aber schau, ich will, daß du verstehst

– es war nichts Ernstes mit ihr, weißt du. Ich meine, es hätte ernst sein können, aber ich habe es nicht ... Ich will einfach nur sagen, daß ich dich liebe.«

»Tu das nicht, Tony.«

»Was meinst du – daß ich dich nicht lieben soll oder es nicht sagen soll?«

»Tu es einfach nicht! Geh einfach!«

Und das tat er.

Aber ich lief hinaus und holte ihn ein. Ich gab ihm einen Kuß auf die Stirn und wartete dann, bis seine Schritte auf der Treppe verklangen.

Ich mußte schlafen, das stimmte. Aber ich konnte nicht schlafen.

Lange Zeit ging ich auf und ab. Ich fütterte die Katzen, duschte, machte Kaffee und drehte das Radio auf, um zu hören, ob sie in den Nachrichten etwas über den Mord an Penny Motion brachten.

Es war erst gestern gewesen, da war ich wie eine Idiotin in diesen luftigen Kostümchen im Loft herumspaziert. So viel hatte sich in kaum vierundzwanzig Stunden verändert.

Was an einem Tag alles geschehen kann, wie es so schön heißt. Erst gestern war ich von der Theorie ausgegangen, daß Samantha Collins Niles Wiegel vergiftet hatte, weil er ihr Bobbin weggenommen hatte. Jetzt kam mir diese Idee verdammt idiotisch vor. Jetzt schien klar zu sein, daß Niles' Tod und Pennys Tod zusammenhingen.

Der Schlüssel zu Niles' Tod lag nicht in seiner Beziehung zu einem überdimensionalen Kater, sondern zu einem der anderen Menschen in diesem zwielichtigen Freundes- und Kollegenkreis. Oder vielleicht zu mehr als einem.

Niles und Penny. Niles und Hector. Niles und Lainie. Niles und die Collins-Schwestern. Welche Paarung hatte dazu geführt, daß eine Leiche reglos und tot über dem Küchentisch lag? Welche Paarung hatte dazu geführt, daß die junge Penny Motion brutal erwürgt wurde?

Und dann gab es noch eine viel wichtigere Frage. Die schrecklichste von allen: Würde der Mörder nach zwei Leichen aufhören? Oder waren noch andere Mitglieder des Kreises dazu bestimmt, zu sterben?

Inzwischen war es doppelt wichtig geworden, den Mord an Penny aufzuklären. Ich mußte helfen, Basillios Unschuld zu beweisen. Ich wußte nicht, ob ich ihm je verzeihen konnte, daß er mich und Penny und die Ermittlungen gegeneinander ausgespielt hatte. Aber ich zweifelte keinen Augenblick daran, daß Tony mit dem Mord nichts zu tun hatte.

Diese modebesessenen Leute waren, gelinde ausgedrückt, seltsame Typen. Ich war überzeugt, daß jeder in diesen Kreisen etwas verbarg – irgendein Geheimnis hatte. Wie es schien, gab es jede Menge Geheimnisse.

Zumindest hatte ich einen neuen Freund gefunden, der offenbar nichts zu verbergen hatte. Die Freundschaft war noch recht jung – erst vierundzwanzig Stunden alt. Trotzdem hatte ich vor, meinen neuen Freund ins Vertrauen zu ziehen.

Ich bin in meinem Leben schon viele merkwürdige Allianzen eingegangen, da bin ich sicher. Aber ich konnte mir beim besten Willen keine merkwürdigere vorstellen als die mit Fliss Francis.

KAPITEL 10

Ich ließ das Telefon wohl zwanzig Mal läuten. Im Wohnhaus von Samantha und Grace Ann hob niemand ab. Also versuchte ich es im Geschäft.

Ich hatte Julia, die Verkäuferin, schon genug angeschwindelt und manipuliert. Jetzt drehte sie den Spieß um.

Sie war nicht bereit, mir irgend etwas zu sagen, bis ich ihr erzählte, was es mit meinem Freund Tony Basillio, Penny und dem ganzen schockierenden Skandal auf sich hatte. Und natürlich *mußte* sie einfach alles über Hedy Rices kurzen Auftritt bei der Foto-Session erfahren.

Erst als ich ihr die Creation von Jean Paul Gaultier, die Hedy getragen hatte, und ihre neue Frisur beschrieben hatte, erst als ich schwor, daß sie in natura ebenso unglaublich hinreißend war wie auf den Fotos, sagte mir Julia, daß Fliss gewöhnlich im Pierre wohnte, wenn er in New York war. Entweder dort oder im Hotel Chelsea.

Und Julia sagte mir auch, daß es Zeitverschwendung war, wenn ich Grace Ann und Samantha anrief. Die Collins-Schwestern hatten den Stecker ihres Telefons herausgezogen. Sie sprachen mit niemandem. Hector war vorübergehend verhaftet worden, und dieses Erlebnis hatte ihn offenbar schrecklich mitgenommen. Er ruhte sich jetzt oben in der Wohnung aus und durfte nicht gestört werden.

Zum Glück hatte sich Fliss für Innenstadt-Chic entschieden und nicht für das Luxushotel im nördlichen Teil von Manhattan. Er wohnte im Chelsea.

Ich schlüpfte in die einzigen Kleidungsstücke, die sowohl sauber als auch griffbereit waren – schwarze Jeans und ein übergroßes weißes Hemd.

Ach ja, und meinen uralten Regenmantel zog ich auch an. Weil es in Strömen regnete. Was sich für mich als Glücksfall erwies. Fliss hätte an jenem Tag für einen Klienten Fotoaufnahmen im Freien machen sollen und hatte wegen des Wetters absagen müssen.

Zuletzt zog ich die alten, klobigen Männerschnürstiefel an, die meinem Ex-Mann gehört hatten. Merkwürdigerweise hatten wir dieselbe Schuhgröße. Doch das war nicht der Grund, warum wir geheiratet hatten, und auch nicht der, warum die Ehe auseinandergegangen war.

Fliss hatte im Chelsea eine Suite belegt. Großes Schlafzimmer, muffiges altes Wohnzimmer mit Kamin, Kochnische, uralte Badewanne mit Klauenfüßen, überall Rundbogendurchgänge, abgenutzte Teppiche. Und alles an den Rändern angemessen schmutzig. Es strotzte förmlich vor verblichener Eleganz.

Eines der mageren jungen Mädchen von der Foto-Session führte mich hinein. Fliss erwartete mich in einem Hausrock aus blauem Satin.

»Ihre Kleidung findet meine ungeteilte Zustimmung, meine Liebe«, sagte er, als ich meinen Mantel auszog.

Verwundert blickte ich auf die Sachen hinunter, die ich so hastig übergeworfen hatte.

»O ja!« rief er. »Der Katherine-Hepburn-Look paßt perfekt zu Ihnen. Und diese Schuhe, meine Liebe … brillantes Detail. Ich finde, Samantha hatte total unrecht, als sie meinte, Sie hätten keinen Geschmack.«

»Ihre Zimmer sind bezaubernd, Fliss«, sagte ich.

»Sind sie nicht *twee?«*, pflichtete er mir bei.

»Sind sie nicht was?«

»*Twee*, meine Liebe. Sie wissen schon. Ach ja. Ich vergesse immer, daß Sie keine Engländerin sind. Das bedeutet ... nun ja, gemütlich ... genau richtig ... oder so was Ähnliches. Aber das ist jetzt nicht wichtig. Kommen Sie sofort herein und erzählen Sie mir alles!«

Jawohl, genau das hatte ich vor. Und ich hoffte, daß mir Fliss diesen Gefallen erwidern würde.

Er nahm mich an den Schultern und drückte mich auf einen alten roten Plüschsessel.

»Mein Gott!« rief er. »Stellen Sie sich vor, ich wache auf und sehe das da!« Fliss wedelte wie verrückt mit einer Zeitung in der Luft herum. Es war die Morgenausgabe der *Post*. »Unsere kleine Gruppe ist in dieser verdammten Stadt das Tagesgespräch, meine Liebe. Penny Motion ermordet, in einem *crime passionel*! Wie fabelhaft schmuddelig. Und natürlich wie schrecklich für Sie.«

»Für mich? Warum für mich?«

»Nun, Mr. Basillio war doch Ihr Lover, nicht wahr? Ihr Schmusekater. Und jetzt ist er in einen Mord in seinem Liebesnest verwickelt und besaß nicht einmal soviel Anstand, Sie zum Opfer zu erwählen. Sie werden in der Story nicht mal *erwähnt*, Sie armes Lämmchen.«

»Und wer genau wurde erwähnt?«

»Natürlich das Opfer. Mr. Basillio. Hector. Die Collins-Schwestern. Und selbstverständlich auch meine Anverlobte und *moi*. Sie schreiben, daß Penny an jenem Tag bei Fotoaufnahmen mitgearbeitet hat. Und sie bringen ein überaus scheußliches Bild von dem kleinen Ding. So wenig schmeichelhaft, daß es schon diffamierend ist. Ich meine, nachdem dieses Foto aufgenommen wurde, muß sie eine Tonne abgenommen haben. Es wird ihr in keiner Weise gerecht. Ach, ist das alles nicht absolut grauenhaft – und dabei so aufregend?«

»Ich hole mir meine Aufregung lieber auf der Achterbahn, Fliss. Und ich hasse Achterbahnen. Außerdem weiß ich, daß es Basillio nicht getan hat.«

»Sie weiß, daß er es nicht getan hat«, sagte er und klimperte wieder mit seinen langen Wimpern. Und dann begann er auf einmal zu singen – *»Er war ihr Mann, aber er hat ihr Unrecht getan.«*

»Fliss, Sie sind wirklich unverschämt.«

»Aber natürlich bin ich das, meine Liebe! Was glauben Sie, mit wem Sie es hier zu tun haben?«

»Ich glaube, mit jemandem, dem ich vertrauen kann. Ich muß erreichen, daß diese Anklage gegen Tony fallengelassen wird ... und dabei auch die Wahrheit über Niles Wiegels Tod herausfinden. Ich glaube, Sie können mir helfen.«

»Wie?«

»Sie kennen Grace Ann und Samantha.«

»Ja.«

»Sie kennen Hector.«

»Ja.«

»Sie kannten Niles und Lainie.«

»Ja. Nun, sie nicht so gut.«

»Fliss, ich muß mich mit diesen Personen befassen, weil gewiß einer von ihnen Niles und dann Penny umgebracht hat.«

»Aufgrund unseres kleinen Tête-à-tête neulich würde ich sagen, Sie haben bereits entschieden, daß es Sam war, meine Liebe.«

»Das war nur eine momentane Idee. Ich dachte, Samantha habe durchgedreht und Niles wegen der Geschichte mit Bobbin umgebracht. Aber mit dem Mord an Penny hat sich diese Theorie erledigt.«

»Und wer ist jetzt das kleine Vögelchen im Käfig? Heraus damit, Inspektor. Wer war der Mörder?«

»Hector scheint ein extrem guter Kandidat zu sein«, sagte ich. »Er hat mit Penny geschlafen.«

Fliss wieherte vor Lachen. »Ja, natürlich. Er hat im Revier Ihres Freundes gewildert, hmm? Nun, ich kann nicht sagen, daß das eine Überraschung ist, meine Liebe. Isebel muß außer sich sein.«

»Wer ist Isebel? Ach, Sie meinen Grace Ann. Ja, sie muß wohl außer sich sein.«

»Nun, da haben Sie es, Alice. Da ist Ihr Motiv. Grace Ann hat von der Affäre erfahren und Penny in einem Anfall von Eifersucht umgebracht.«

»Glauben Sie nicht, daß mir der Gedanke nicht auch schon gekommen ist. Aber ich bin sicher, daß für beide Morde dieselbe Person verantwortlich ist. Und für den Mord an Niles kann ich bei ihr kein Motiv finden.«

»Oh. Ich verstehe. Nun, was Hector anlangt – nicht, daß ich ihn verteidigen will –, aber ich kann mir nicht vorstellen, daß er jemanden wegen einer kleinen Tändelei umbringt. Ich glaube, wenn er herausgefunden hätte, daß Penny und Ihr Liebster etwas miteinander hatten, wäre er eher amüsiert gewesen als wütend.«

»Ja. Da mögen Sie recht haben. Andererseits, wie können Sie wirklich wissen, wie Hector reagieren würde, wenn er herausfände, daß zur Abwechslung einmal *er* betrogen wurde? Vielleicht wäre dann alle Kultiviertheit von ihm abgefallen.

Und außerdem scheint Hectors Beziehung zu Niles recht kompliziert gewesen zu sein. Sie kannten einander schon lange, haben aber in letzter Zeit erbittert gestritten. Das heißt, wenn ich der Person, die mir diese Information gab, trauen kann. Es könnte ja irgend etwas in der Vergangenheit ein Grund für ihn gewesen sein, Niles umzubringen.

Deshalb muß ich mich ein bißchen mit der Vergangenheit dieser Leute beschäftigen. Sie kannten Niles schon vor seiner Ehe. Zu der Zeit, als er und Hector Geschäftspartner waren. Sie hatten ein Restaurant. Was wissen Sie über diese Partnerschaft?«

»Ach, du liebe Zeit. Nicht viel. Als ich sie kennenlernte, ging es mit dem Geschäft schon bergab. Der Typ, der damals bei ihnen Koch war, hat uns einander vorgestellt. Man kannte ihn, weil er manchmal einen Partyservice betrieb. Und als er in Niles' und Hectors Café als Koch anfing, machte er in der ganzen Branche Reklame dafür.«

»Wer war dieser Mann – dieser Koch?«

»Ach, ein sehr schillernder Typ, auch aus den Südstaaten. Brewer hieß er. Brewer Bloodworth.«

»Haben Sie eine Ahnung, wo ich ihn jetzt finden kann?«

»Mehr als nur eine Ahnung, meine Liebe. Ach, ich sage Ihnen, das Schicksal ist schon seltsam!«

»Warum?«

»Hedy hat eine Freundin namens Lois. Sie ist auch Model. Ach, wir lieben Lois. Toll für Hüte. Phantastische Figur für Badeanzüge. Und sie ißt so leidenschaftlich gern – sie ist eine berühmte Bulimikerin. Jedenfalls hat uns Lois erst vor ein paar Tagen von einem neuen Restaurant erzählt. Sie sagte, wir müssen hingehen, bevor es die ganze Welt entdeckt. Und wie der Zufall so spielt, ist der Koch dort ein gewisser Brewer Bloodsworth.«

»Wie heißt dieses Restaurant?«

»Ach, verdammt. Ich habe es vergessen. Aber Hedy weiß es sicher noch. Wir gehen mit Ihnen hin.«

»Gut. Da wäre ich Ihnen sehr dankbar. Wie wäre es heute abend?«

»Phantastisch! Diese Aufregung, meine Liebe!«

»Nur eines, Fliss.«

»Natürlich.«

»Sie dürfen niemandem sagen, daß ich herumschnüffle. Ich will diesen Mörder wirklich finden. Und vielleicht hängt Tonys Freiheit davon ab.«

»Schauen Sie auf meine Lippen, meine Liebe. Sehen Sie diese Lippen? Sie sind versiegelt.«

»Vielen Dank, Fliss.«

»Jetzt muß ich Sie auch um etwas bitten.«

»Worum?« fragte ich.

Er sah mich sehr streng an. »Ich möchte, daß eines klar ist: Wenn Sie heute abend William Powell spielen, dann bin *ich* Myrna Loy.«

Es herrschte dichter Verkehr. Wir stiegen aus dem Taxi aus und gingen zu Fuß. Eine beachtliche Leistung für Hedy, deren Schuhe wohl sechzehn oder siebzehn Zentimeter hohe Stöckel hatten.

Die Haare mit Gel straff zurückgekämmt, Schultern und Taille nackt, in einem schwarzen Stretch-Minirock, durch den sich die wundervollen Oberschenkel abzeichneten, tat Hedy noch das Ihre dazu, daß der Verkehr zum Stillstand kam.

Wir waren nicht weit entfernt vom Flatiron-Gebäude mit seinem dauerhaften Glamour, in jenem Teil von Manhattan, der sich ständig ändert, zwischen Chelsea im Westen und dem Gramercy Park im Osten.

Wegen einer Fülle neuer Restaurants mit berühmten Küchenchefs oder berühmten Besitzern ist die Gegend um das Flatiron-Gebäude zur Zeit ein Mekka für Leute, die aufregende neue Lokale suchen. Dafür sind zu einem nicht geringen Teil die Zeitschriften und die Kolumnisten der Tageszeitungen verantwortlich, die die potentiellen Gäste völlig verrückt machen, so daß sie bereit sind, dreihundert Dollar für eine Mahlzeit für zwei Personen auszugeben – und zwar einfach, indem sie durchblicken lassen, daß irgendein wichtiger Medienmensch regelmäßig in einem bestimmten Restaurant ißt.

Hedys Freundin Lois hatte ihr geraten, Brewer Bloodworths neues Restaurant zu besuchen, bevor der Rest der Welt es entdeckte. Dafür war es schon ein wenig zu spät.

Fliss, Hedy und ich traten durch die versilberten Türen des High Tide, das sich auf pazifisch-asiatische Küche spezialisiert hatte, wie auf der Speisekarte am Eingang zu lesen war.

In dem großen Raum wimmelte es von Leuten. Sie standen in Dreierreihen an der Bar. Sie saßen auf hübschen kleinen Chaiselongues im vorderen Teil des Restaurants. Sie quetschten sich in den Raum zwischen der Bar und dem Restaurant. Sie warteten in kleinen Grüppchen in der Nische neben den Toiletten.

Dennoch führte man uns in weniger als dreißig Sekunden an einen der besten Tische. Ich nehme an, Fliss hatte Küchenchef Bloodworth angerufen und angekündigt, daß er und Hedy heute abend bei ihm speisen würden, und die Belegschaft hatte den Auftrag bekommen, den roten – oder in diesem Fall den pflaumenfarbenen – Teppich auszurollen. Macht. Gesellschaftliche Stellung. So fühlte man sich also dabei. Ehrlich gesagt, war mir das nicht ganz geheuer.

Alle Augen im Lokal schienen uns durch den Raum zu folgen. Ich wußte, daß die Leute Hedy ansahen, nicht mich, doch es machte mich unglaublich befangen. Für mich war es kein Problem, vor Hunderten von Menschen in einem abgedunkelten Theater zu spielen, in dem alle Augen auf mich gerichtet waren, doch das hier war etwas ganz anderes.

Mir fiel eine Geschichte ein, die mir eine andere Schauspielerin einmal erzählt hat. Sie war mit einem Schauspielerkollegen liiert, einem extrem gutaussehenden Mann, der – so unglaublich es ist – für den Oscar nominiert worden war. Als sie am Abend der Oscarverleihung aus seiner Limousine stiegen, warf eine Phalanx von Reportern bei dem Versuch, an ihn heranzukommen, sie im wahrsten Sinne des Wortes um. Sie verbrachte den Abend nicht im Dorothy Chandler Pavillon, sondern in der Unfallstation des Cedars Sinai Hospital. Ihr Knöchel war zertrümmert worden.

Als wir in unsere mit schwarzem Leder bezogene Nische schlüpften, merkte ich, daß ich ein bißchen hysterisch lachte. Aber ich glaube, sonst hat es niemand bemerkt.

Wie zum Teufel sollte ich unter diesen Umständen Brewer Bloodworth Fragen stellen? Nicht einmal William Powell hätte das gekonnt.

Es war ein langer Abend. Aber zumindest war das Essen es wert. Küchenchef Bloodworth kochte hervorragend. Alle möglichen mysteriösen Kräuter, Gräser und Schalentiere, von denen ich noch nie gehört hatte. Reis, der schmeckte wie kein Reis, den ich je zuvor gegessen hatte. Und himmlische Nachspeisen.

Es war jetzt fast ein Uhr früh, und das Restaurant hatte sich Gott sei Dank ziemlich geleert. Fliss und Hedy brachten sich gerade für die Nacht auf Touren.

Ein Paar, das sie kannten – eines der vielen, die im Laufe des Abends an unseren Tisch gekommen waren – hatte sie in einen Club in der Houston Street eingeladen. Sie hatten vereinbart, sich um etwa zwei Uhr dort zu treffen.

Ich war bereit fürs Bett und sonst gar nichts. Ich war schon ganz benommen vor Müdigkeit. Aber ich konnte noch nicht zusammenklappen, und ich konnte noch nicht gehen. Küchenchef Bloodworth hatte zugesagt, am Ende des Abends mit mir zu sprechen.

Jetzt saß eine junge Frau bei uns, deren aktueller Rocksong die Nummer zwölf in der Hitparade war. Ihre beiden Begleiter, wohlproportionierte junge Tänzer, hatten mit Hedy ein paar Musikvideos gemacht. Ich saß da wie in Trance und lauschte ihren schönen Erinnerungen, als mich Hedy sanft an die Schulter stieß.

»Sie sind dran, Freundin«, sagte sie.

»Was?«

Hedy wies auf den gedrungenen Mann mit Pferdeschwanz am anderen Ende des Raumes, der sich zwanglos mit dem Barkeeper unterhielt. »Dort ist Brewer«, sagte sie.

Bald darauf verließen Fliss und Hedy in einem wahren Wirbelsturm von Küßchen – für mich, für Brewer, für das Rock'n'Roll-Trio – das Lokal, um zu ihrer Party zu gehen; sie versuchten noch immer, mich zu überreden, mitzukommen. Ich dankte ihnen für das Abendessen und für ihre Hilfe, überzeugte sie aber dann schließlich, daß ihre Bemühungen vergeblich waren.

Brewer Bloodworth war in vieler Hinsicht eine Überraschung. Erstens sah er nicht so aus, wie ich ihn mir vorgestellt hatte.

Zweitens war er nicht der egozentrische Schicki-Micki-Koch für die Stars, der damit angab, welche Berühmtheiten er zu seiner Zeit bewirtet hatte. Statt dessen war er ein Tiefstapler, der mit einem vornehmen, zuckersüßen Südstaatenakzent sprach und sich als einfacher Kumpel präsentierte, der seine Küche liebte und dessen größte Freude es war, wenn die Leute gut speisten.

Und drittens – der größte Schock von allen – er erkannte mich!

Als wir die Armagnacs tranken, auf denen er bestanden hatte, begann er eine Liste meiner Bühnenauftritte herunterzurattern, die mehr als zehn Jahre zurückreichte. Er hatte mich in dem kleinen Theater in der Second Avenue, das im Jahr 1981 abgerissen worden war, in *Mutter Courage* gesehen. Er hatte mich als Amme in *Romeo und Julia* gesehen. Und in dem Albert-Jarry-Stück in der Columbia Street und dem Edward-Albee-Stück in der West Street. Ob ich übrigens noch in der New School Schauspielunterricht gab?

Ich fiel beinahe vom Barhocker.

Wie Küchenchef Bloodworth erklärte, waren Schauspieler wie ich der Grund dafür, daß er aus seinem geliebten Savannah weggezogen und nach New York gekommen war. Als begeisterter Theaterliebhaber war er regelmäßig »hier herauf« gekommen, und ich hatte ihm einige der wunderbarsten Stunden beschert, die er je im Theater hatte verbringen dürfen.

So etwas steigt einem wirklich zu Kopf. Ich brauchte eine Weile, bis ich wieder klar denken und ihn nach seinen Erfahrungen mit Niles und Hector fragen konnte.

Kaum hatte ich jedoch ihre Namen ausgesprochen, verfinsterte sich sein Gesicht, und sein entspanntes, leutseliges Benehmen änderte sich abrupt.

Brewer schenkte sich noch einen Armagnac ein. »Miss Alice, das sind zwei der miesesten Typen, die ich je das Pech hatte, kennenzulernen.«

»Wirklich? Warum?«

»Ich glaube, über diese Geschichte läßt man am besten den Vorhang fallen«, sagte er bekümmert. »Dieses spezielle Stück ist aus. Ich kann nur soviel sagen: Niles Wiegel und Hector Naciemento sind zwei sehr traurige Beispiele für den modernen Menschen. Sie geben sich als feine Leute, aber in Wirklichkeit sind sie nicht besser als Strichjungen. Sie sind, mit einem Wort, Gesindel.«

»Wissen Sie, Brewer, mir fällt notgedrungen auf, daß Sie von Niles Wiegel in der Gegenwart sprechen. Sie haben doch gehört, daß Niles tot ist, nicht wahr?«

Er schwieg einen Augenblick. Dann nickte er. »Ja«, sagte er schließlich. »Ich glaube, das habe ich gehört.«

Nach den Emotionen in seinem Tonfall zu schließen, hätte er von einem neuen Spülmaschinen-Modell reden können.

»Was Hector anlangt –«, begann ich.

»Ist er auch tot?« fragte Brewer liebenswürdig.

»Nein. Überhaupt nicht. Aber er wurde neulich im Zuge der Ermittlungen im Mordfall an einem jungen Mädchen verhört.«

»Wie schön«, sagte er leise.

»Sie war seine Geliebte, obwohl Hector zur Zeit mit einer anderen Frau liiert ist, einer Freundin von mir.«

»Nun, Alice, sagen Sie Ihrer Freundin, sie soll sich von diesem falschen brasilianischen Lumpen so weit wie nur irgend möglich fernhalten.«

Er verstummte gerade lange genug, um sich eine Zigarette anzuzünden. In diesen wenigen Sekunden hatte seine Stimme einen völlig anderen Tonfall angenommen. »Und noch etwas können Sie ihr sagen, Baby. Sagen Sie ihr, bevor er aus der Tür geht, sollte sie lieber ihr Silber zählen – und ihre Finger und Zehen auch.«

»Ich glaube nicht, daß sie auf mich hören würde. Wie ich schon sagte, sie ist in ihn verliebt.«

»Ach, Schätzchen, wer war das nicht?«

Ich holte tief Luft und stellte dann meine nächste Frage: »Sie auch?«

Da schenkte mir Brewer Bloodworth ein seltsames Lächeln. Ein paar Sekunden später war er wieder so vornehm wie zuvor. »Es war so angenehm, mit Ihnen zu plaudern, Alice. Und jetzt wünsche ich Ihnen eine gute Nacht.«

Es war halb drei Uhr früh, als mich das Taxi daheim absetzte. Der Fahrer wartete nicht, bis ich die Haustür hinter mir geschlossen hatte, sondern brauste sofort davon.

Ich hätte die Stufen auf allen Vieren hochkriechen können, so müde war ich. Ich konnte mich gar nicht mehr erinnern, wann ich zuletzt eine ganze Nacht durchgeschlafen hatte.

Als ich im Bett lag, ließ ich noch einmal den ganzen Abend Revue passieren. Von dem Augenblick an, als wir durch die silbernen Pendeltüren traten – die Stille, die sich über das Lokal legte, als wir dem Oberkellner zu unserem Tisch folgten, all die gutaussehenden Menschen, die vorbeikamen, um Fliss' Ruhm und Hedys Schönheit zu huldigen – bis zu dem kleinen Mangoeis-Fleck, den ich mit einem Schwamm von meiner Kostümjacke zu putzen versuchte.

Und besonders meine frühmorgendliche Unterhaltung mit Brewer Bloodworth.

Irgend etwas an Brewer Bloodworth war nicht ganz normal. Irgend etwas war seltsam.

Ich dachte an die wenigen Küchenchefs, die ich in meinem Leben kennengelernt hatte. Jeder einzelne von ihnen war auffallend zurückhaltend gewesen. Sie kamen höflicherweise ab und zu an den Tisch, um zu fragen, ob einem das Essen geschmeckt hatte. Doch grundsätzlich waren das introvertierte Männer. Grüblerisch veranlagt. Und sehr schwer zu beeindrucken.

Bloodworth hingegen hatte schrecklich viel Aufhebens um mich gemacht. Das heißt, bevor ich eine

Frage zuviel an ihn gerichtet und er mich kaltgestellt hatte. Es war, als wäre es ihm wichtig, daß ich ihn mochte – ihm vertraute. Ich konnte mir nicht vorstellen, warum.

Und mit diesem Gedanken hörte ich für diese Nacht zu denken auf. Der Schlaf senkte sich über mich wie ein Vorhang, wie Brewer es ausgedrückt hatte.

Ich schlief bis Mittag.

Pancho und Bushy waren ziemlich sauer, daß sie kein Frühstück bekommen hatten. Aber sie hatten Erbarmen mit mir gehabt. Sie hatten nicht versucht, mich zu wecken. Dafür war ich ihnen dankbar. Und ich machte ihnen eine Dose Sardinen auf, an der sie sich delektieren konnten. Der Tierarzt sagt ständig, ich solle sie auf Diät setzen. Aber zum Teufel mit dem Tierarzt.

War ich noch auf Diät? Ich wußte es gar nicht mehr. Als ich um ein Uhr auf die Straße trat, ging ich daher in die Imbißstube in der West Street und genehmigte mir einen Bagel mit Doppelrahm-Frischkäse.

Während ich so dasaß und mein sehr spätes Frühstück verzehrte, fehlte mir zum ersten Mal, seit ich in den Loft eingezogen war, meine alte Umgebung. Mir fehlte, daß mich die Serviererin im Café beim Namen nannte. Mir fehlte Mrs. Oshrin, meine alte Nachbarin in der 26th Street. Mir fehlte der schmuddelige Flickschuster in der Second Avenue und die blitzsaubere Wiener Bäckerei in der Third Avenue.

Das Leben war anders geworden. Ohne daß ich es bemerkt hatte. Ich hatte schon lange keinen Auftrag als Catsitterin mehr bekommen. Und Arbeit am Theater war so rar, daß sie mir fast schon wie eine ferne Erinnerung erschien. Jetzt hatte ich mein Debüt als Model gegeben. Im Alter von einundvierzig Jahren. Es war mir von Anfang an lächerlich vorgekommen. Plötzlich war es auch noch unerträglich geworden. Und unfaßbar traurig.

Und dann diese schlimme Geschichte mit Basillio. So etwas wie die Affäre mit Penny Motion war uns noch nie passiert. Ich wußte wirklich nicht, ob Tony und ich unsere Freundschaft je wieder kitten können würden.

Ich ließ mir noch Kaffee nachschenken, trank ihn rasch aus und zahlte. Dann ging ich in Richtung Sheridan Square. Endlich würde ich einmal etwas im Village Cigars kaufen. Man hatte mir immer erzählt, daß es nichts gab, was man dort nicht bekam.

Das, was ich wollte, gab es in Orange und in Lila. Es war eine schwierige Entscheidung, doch dann nahm ich Orange. Nein, kein witziges Kondom. Ich erstand eine Wegwerfkamera in einem psychedelischen Orange, das den Augen weh tat. Das Village Cigars akzeptierte Kreditkarten. Das mußte ich mir merken.

Es dauerte ein paar Stunden, aber am Ende bekam ich die Gelegenheit, ein Foto von Brewer Bloodworth zu machen. Er wußte nicht, daß er fotografiert wurde. Ich wartete vor dem Wohnhaus mit Baldachin gegenüber dem Restaurant in der 20th Street, bis die letzten Mittagsgäste aus dem High Tide kamen. Bald darauf verließ Brewer selbst das Lokal. Und als er sich seine leichte Jacke anzog und dann innehielt, um sich eine Zigarette anzuzünden, konnte ich zwei oder drei scharfe Fotos von ihm machen, auf denen sein ganzes Gesicht voll zu sehen war.

Ich brachte den Film zu dem Super-Express-Fotoservice in der Seventh Avenue und rang ihnen das Versprechen ab, daß ich mir meine Fotos samt Vergrößerungen und allem in zweieinhalb Stunden abholen konnte.

Nun mußte ich also etwas Zeit totschlagen. Normalerweise wäre ich in einem solchen Fall mit Tony irgendwo auf einen Kaffee oder einen Drink gegangen. Und einen Augenblick lang war ich auch versucht, ihn anzurufen. Aber ich tat es nicht.

Statt dessen ging ich nach Hause und steckte die Wäsche in die hypermoderne Waschmaschine, die ich mir vor einigen Monaten gekauft hatte. Das Leben in einem Loft hatte wirklich seine Vorteile. Ich hätte mir nie träumen lassen, daß ich je eine Wohnung in Manhattan haben würde, die groß genug war, daß ich meine eigene Waschmaschine mit Trockner darin unterbrachte.

Als die Laken im Trockner waren, machte sich bei mir ein Gefühl der Angst breit.

Nein, ich hatte keine Angst, daß meine Bettwäsche zerknittert aus der Maschine kommen würde.

Der Grund war, daß ich wußte, in ein paar Stunden würde ich wieder Detective Joseph Stark gegenübertreten müssen. Vielleicht würde ich sogar ein bißchen katzbuckeln müssen vor diesem arroganten kleinen Bastard, der mich beleidigt und weggeschickt hatte. Aber ich beschloß, wenn es nötig war, würde ich auch katzbuckeln.

Das brachte mich fast auf die Idee, ein paar vergiftete Krapfen für seine Kaffeepause zu backen.

Diesmal war Stark ein wenig besser gelaunt. Jedenfalls begnügte er sich mit einem Minimum an Sarkasmus. Er war sehr in Eile, weil er weg mußte, was wohl ein Vorteil war. Er hatte keine Zeit, mit mir zu spielen wie eine Katze mit einer Küchenschabe.

Zumindest machte er sich nicht mehr über mich lustig. Ich hatte das Gefühl, daß er seit unserer letzten Begegnung Erkundigungen über mich eingezogen hatte. Vielleicht hatte Rothwax ein gutes Wort für mich eingelegt. Doch davon sagte Stark nichts, und ich fragte nicht danach.

Er brauche meine Schnappschüsse nicht mit dem Verbrecheralbum oder irgendeinem anderen Album zu vergleichen, sagte er. Er erkannte Brewer »Savannah« Bloodworth sofort.

»Was machen Sie mit dem Foto eines Kredithais?« fragte er. »Geht es den Privatdetektiven zur Zeit so schlecht?«

»Kredithai?« wiederholte ich. »Dieser Mann ist ein brillanter Koch, der sich nebenbei als Kredithai betätigt?«

»Oder umgekehrt«, antwortete Stark. »Kochen kann er jedenfalls. In der Küche von Dannemora trauern sie dem alten Savannah noch heute nach.«

»Wollen Sie damit sagen, er war im Gefängnis Dannemora?«

»Stimmt. Mehrmals. Und er hat sich auf Geldverleih an Gastronomiebetriebe spezialisiert. Er umgibt sich gerne mit diesen großkotzigen Innenstadt-Typen. Und er weiß, wie man den Leuten Schei... ich meine, er ist so redegewandt, daß er damit sehr erfolgreich ist. Er ist ziemlich gerissen.«

»Ja, Detective. Da muß ich Ihnen recht geben«, sagte ich.

»Ich möchte Ihnen einen Rat geben«, sagte Stark leichthin, nahm eine kleine, viereckige Bürste aus der Schreibtischschublade und begann damit seine Schuhe zu polieren.

»Welchen Rat?«

»Gehen Sie ihm aus dem Weg. Halten Sie sich von ihm fern. Und wenn Ihre Klienten auf die Idee kommen, mit ihm ins Bett zu steigen – natürlich rein bildlich gesprochen – raten Sie ihnen, zum Psychiater zu gehen.«

»Dieser Rat klingt vernünftig«, sagte ich.

»Ist gratis. Und jetzt, wenn Sie mich entschuldigen wollen ...» Er verstummte und stand auf. In der linken Hand hielt er jetzt eine Kleiderbürste.

Ich vermutete, im Museum of Modern Arts gab es eine Cocktailparty, und Starks Freundin wartete schon auf ihn.

Ich bedankte mich hastig und ging.

Ganz langsam, ganz allein, spazierte ich nach Hause. Die abendlichen Schatten umhüllten mich wie ein Mantel.

Jede neue Wendung in diesem Fall brachte neue häßliche Dinge zum Vorschein.

Also war Brewer Bloodworth, auch als Savannah bekannt, ein Verbrecher. Und anscheinend sogar ein ziemlich gefährlicher. Es war schwer, das mit den Leuten, mit denen er verkehrte, in Einklang zu bringen. Mit den großkotzigen Innenstadt-Typen, wie sie Stark genannt hatte.

Nun, bei genauerer Betrachtung war es vielleicht doch nicht so schwer. Schließlich hatte einer dieser Menschen zwei Morde begangen.

Bloodworth war ein Kredithai, der sich darauf spezialisiert hatte, Restaurantbesitzern Geld zu leihen. Wieder eine Spur, die auf Hector Naciemento wies, der einmal ein Lokal besessen hatte.

Meine Konfrontation mit Hector war nicht mehr allzu fern. Sobald ich mir überlegt hatte, wie ich an ihn herankommen konnte, wie ich den Schutzwall, den Grace Ann gewiß um ihren bezaubernden Freund errichtet hatte, überwinden konnte.

Meine kleine Klientin, die trauernde junge Witwe Wiegel, hatte um das Leben ihres verstorbenen Mannes ebenfalls einen Schutzwall errichtet – oder zumindest hatte ich diesen Eindruck. Auch für uns beide würde der Tag der Abrechnung bald kommen – früher, als sie dachte.

Ich hatte Hunger, doch der Gedanke, allein essen zu gehen, hatte so gar nichts Verlockendes. Ich hätte auch gerne ein Glas Wein getrunken. Doch allein in eine Kneipe zu gehen, war das letzte, was ich tun wollte.

Allein.

Allein.

Mein Gott. Ich merkte, daß ich mich einsam fühlte und mir selbst leid tat. Ich benahm mich wie ein Versager in einem schlechten Selbsthilfe-Ratgeber.

Ich beschleunigte meine Schritte und versuchte, die üppige herbstliche Umgebung zu ignorieren. Sie war einfach zu rührselig. Sie bedrückte mich. Ich war wütend auf den Herbst.

KAPITEL 11

Auf dem Couchtisch stand eine halbleere Flasche Scotch. Sie war offen und der Verschluß nirgends zu sehen.

Sie trank. Allein. Mitten am Nachmittag. Das war nicht gut.

Lainies Augen waren feucht. Es war schrecklich für mich, ihr die Dinge zu sagen, die ich ihr sagen mußte, aber ich hatte keine große Wahl. Von selbst würde sie niemals mit der Wahrheit über Niles, Hector und Brewer Bloodworth herausrücken. Aus irgendeinem Grund glaubte sie noch immer, den Ruf ihres Mannes schützen zu müssen. Selbst im Tod.

Ein Mensch stirbt. Die einen finden, daß seine Geheimnisse mit ihm sterben müssen, und tun alles, damit sie nicht ans Tageslicht kommen. Die anderen können es nicht erwarten, jedes noch so kleine schmutzige Geheimnis im Leben dieses Menschen zu lüften.

Über dieses Thema gibt es jede Menge Bücher, Stücke und Filme, nicht wahr? Wie *Citizen Kane*. Und dann diesen scheinheiligen alten Film mit Katherine Hepburn und Spencer Tracy, *Keeper of the Flame*. Sie spielt die Witwe eines allseits beliebten, einflußreichen amerikanischen Philanthropen und Medienzaren. Tracy hat als Journalist den Auftrag, sozusagen ein Epitaph zu schreiben, die wahre Geschichte des von allen verehrten Helden. Gemeinsam decken die Frau und der Journalist die Wahrheit über den Verstorbenen auf – er war ein Faschist, der an die Überlegenheit der weißen Rasse glaubte und größenwahnsinnige Pläne hatte, die Weltherrschaft zu übernehmen – ein hausgemachter amerikanischer Nazi.

Apropos größenwahnsinnig, es war wohl etwas übertrieben, Niles Wiegels Leben und Tod mit dem der Figur in jenem Film zu vergleichen. Hepburns Mann war eine landesweit bekannte, enorm einflußreiche Persönlichkeit gewesen; deshalb war er ja auch so potentiell gefährlich. Niles Wiegel hingegen war ein gutaussehender Mann Mitte Dreißig gewesen, mit einem guten Geschmack in bezug auf Kleidung, einem schlechten Geschmack in bezug auf das Geschäft und einer unglückseligen Allergie gegen Mandeln.

Dennoch deckte Lainie Niles. Schützte ihn.

Oder – wer weiß? Vielleicht tat sie das gar nicht. Vielleicht erzählte sie mir wirklich die volle Wahrheit. Aber ich glaubte ihr nicht. Das war der Punkt. Es hörte sich für mich einfach nicht wahr an. Und daher stand meine Entscheidung fest.

»Lainie, ich fürchte, ich muß meine Ermittlungen über Niles' Tod einstellen. Sie sind ab sofort beendet.«

»Das können Sie nicht tun!« jammerte sie.

»Doch, Lainie, das kann ich. Ich muß es tun.«

»Aber Sie haben doch gesagt, Sie sind jetzt sicher, daß irgend jemand Niles ermordet hat. Sie haben gesagt, der Mord an Penny habe Sie davon überzeugt.«

»Ja. Das stimmt.«

Lainies Gesicht rötete sich vor Zorn. »Und warum wollen Sie dann mit den Ermittlungen nicht weitermachen?« rief sie. »Was für ein Spiel treiben Sie eigentlich? Wollen Sie mehr Geld? Weil ich Ihnen *gesagt* habe, daß ich Ihnen Geld aus –«

»Lassen Sie das, Lainie! Ich glaube, Sie wissen, daß es mir nicht um Geld geht. Und ich glaube, Sie wissen auch, wenn hier jemand ein Spiel treibt, dann bin das nicht ich. Sondern Sie.«

»Ich? Ich weiß nicht, wovon Sie reden.«

»Nein?«

Ich merkte, daß ich drauf und dran war, die Beherrschung zu verlieren. Das wollte ich nicht. Tony stand unter Mordverdacht, und das Allerwichtigste für mich war, seine Unschuld zu beweisen. Egal, was Lainie sagte, ich würde die Ermittlungen einstellen. Doch vorher brauchte ich noch ein paar Antworten von ihr.

»Hören Sie«, sagte ich sanft. »Beruhigen wir uns doch einen Augenblick ... okay?«

Sie nickte und nahm ihr Glas in die Hand.

»Okay«, bestätigte ich. »Erstens müssen selbst Sie zugeben, wie seltsam es ist, daß Sie so wenig über den Mann wissen, den Sie geheiratet haben, Lainie. Schließlich leben wir in den neunziger Jahren. Junge Frauen gehen keine arrangierten Ehen mehr ein, bei denen sie jeden Mann akzeptieren müssen, der für sie ausgewählt wurde – ohne Fragen stellen zu dürfen.«

Lainie unterbrach mich nicht. Sie saß still da und hörte sich meinen Monolog an.

»Sie haben mir von Anfang an so gut wie keine Anhaltspunkte gegeben«, fuhr ich fort. »Sie sagen, Sie wissen nicht, womit er sein Geld verdient hat, Sie wissen nicht, wie er sich den Loft leisten konnte, Sie wissen nicht, wovon Sie beide gelebt haben.«

Sie schwieg weiterhin.

»Nun, Lainie, da Sie ja offensichtlich kein dummes Mädchen sind, habe ich daraus geschlossen, daß Sie mich über Niles belogen haben. Und daß Ihr Mann – dessen Einkommensquelle unbekannt ist – so gut für Sie sorgen konnte, weil er etwas tat, was niemand wissen durfte. Es war etwas Ungesetzliches, Lainie. Das sagt einem der gesunde Menschenverstand.«

Bei diesen Worten wurde sie wieder lebendig. Lainies Mund verzerrte sich zu einem schrecklichen roten Schlitz.

»Das ist nicht wahr!« rief sie. »Reden Sie nicht so über Niles!«

Ich ignorierte ihren Ausbruch. »Hat Niles je einen Mann namens Brewer Bloodworth erwähnt? Vielleicht hat er ihn ›Savannah‹ genannt.«

»Nein.«

»Nein, meine Liebe? Sind Sie sicher?« fragte ich mehr als nur ein wenig gönnerhaft.

»Sie haben meine Antwort gehört, Alice.«

»Ich glaube, Sie kennen diesen Namen sehr wohl, Lainie. Ich glaube, Sie wissen, daß sich Niles und Hector vor Jahren, als sie das Café hatten, von Mr. Bloodworth Geld geliehen haben. Ich glaube, Sie wissen, daß Mr. Bloodworth ein Verbrecher ist – ein Kredithai. Hat er aus Niles noch immer Geld herausgepreßt?«

Plötzlich sprang Lainie auf.

»Verschwinden Sie von hier, Alice.«

»Das werde ich gleich tun.«

»Nicht gleich, Lady. Sofort!«

Ich preschte vor. »Will Brewer Bloodworth jetzt auch von Ihnen Geld, Lainie? Weiß er etwas über Niles und Hector? Hat sich Niles noch mehr Geld von ihm geliehen?«

Lainie hielt die Tür auf und hörte mir nicht mehr zu. Sie hatte meine Tasche und meinen Pullover unter dem Arm und wartete darauf, daß ich durch die Tür ging, damit sie sie mir beim Hinausgehen in die Hand drücken konnte.

»Sie haben mich hintergangen, Alice«, sagte Lainie, als ich in den Gang hinaus trat.

Ihre Märtyrermiene war fast komisch. »*Ich* habe *Sie* hintergangen? Das glaube ich aber nicht, meine Liebe. *Ich* habe *nicht* eine Ermittlerin engagiert und sie dann belogen. *Ich* habe *nicht* allen gegenüber – einschließlich der Polizei – steif und fest behauptet, daß mein Mann ermordet wurde, und dann Tatsachen vertuscht, die zur Lösung des Mordfalls hätten beitragen können.«

»Zum letzten Mal«, fauchte Lainie, »ich kenne keinen Bloodworth. Kredithai oder was immer. Zum letzten Mal, mein Mann war ein guter Mensch, der mich liebte und für mich sorgte. Und es war Hector Naciemento, der ihn umgebracht hat.«

Der schmuddelige alte Aufzug kam, und die Türen gingen quietschend auf.

»Eine letzte Frage, Lainie«, sagte ich, ohne eine Antwort zu erwarten.

Sie drehte mir ihr mürrisches Gesicht zu. »Was?«

»Hat Hector Sie auch verführt? Hassen Sie ihn deswegen so sehr?«

Die Aufzugtüren gingen langsam zu.

Ich hatte ihn!

Während ich noch immer überlegte, wie und wann ich wohl an Hector herankommen würde, gelang mir genau das.

Ich rief noch immer in Abständen im Sandsteinhaus von Grace Ann und Samantha an. Niemals hob jemand ab.

Ein- oder zweimal hatte ich in jene Kneipe in der Greene Street hineingeschaut, von der Lainie Wiegel gesprochen hatte – Perfection –, nur für den unwahrscheinlichen Fall, daß Hector vielleicht gerade auf einen Drink dort war. Aber ich hatte kein Glück.

Ich hatte sogar Sidney Rickover angerufen und ihn

gebeten, mir zu helfen. Es war nicht viel dabei, wenn er bei seinem nächsten Besuch bei den Collins-Schwestern Hector einfach meine Telefonnummer gab und ihn bat, mich anzurufen. Der Anwalt hatte sich bereiterklärt, es zu tun, wenn er einen Augenblick mit Hector allein wäre. Doch bis jetzt hatte ich nichts gehört. Und mir wurde klar, daß es dumm war, sich auf diesen unglücklich verliebten Anwalt zu verlassen. Schließlich hatte er total vergessen, daß ich auch mit *ihm* hatte reden wollen – von Hector ganz zu schweigen. Nein, sich auf die Hilfe eines liebeskranken Geschäftsmannes mittleren Alters zu verlassen, war wahrscheinlich nicht das Klügste.

Und dann, an dem Vormittag, an dem ich die Geschäftsadresse der Collins-Schwestern in der Forsyth Street überwachte, erwischte ich ihn.

Hector verließ um etwa halb zwölf die Fabrik und marschierte wieder im Eiltempo los. Er ging Richtung Westen. Er trug teure Joggingschuhe. Und ich zum Glück auch – wenngleich die meinen vom Restposten-Verkauf eines Schuhgeschäfts in der Eighth Street stammten.

Ich folgte ihm im Wahnsinnstempo durch die Stadt. Und wie beim ersten Mal endete der Fußmarsch im Fitneß-Studio.

Ich wartete zwanzig Minuten, dann ging ich hinein.

Aber sicher, sagte die durchtrainierte junge Blondine an der Rezeption, natürlich kenne sie Mr. Naciemento. Er war jetzt beim Gewichtheben.

Hector saß rittlings auf einem dieser Geräte aus Chrom und Leder und lächelte mich liebenswürdig an. Als wäre es ganz natürlich, daß ich über den Holzfußboden auf ihn zuging. Fast als hätte er darauf gewartet, daß ich ihm bei einem Cocktail Gesellschaft leiste.

»Alice«, war alles, was er sagte.

Er sprach nur meinen Namen aus. Doch er schaffte es, in diese beiden Silben eine ganze Welt von Bedeutung einfließen zu lassen. Einige Schauspieler, die ich kenne, hätten von diesem Mann eine Menge lernen können.

Ich tat es ihm gleich. »Hector«, sagte ich.

So blieben wir einen langen Augenblick. Auf dem Foltergerät vorgebeugt, das dünne T-Shirt feucht vom Schweiß, sah er mir ganz ruhig in die Augen; ich stand vor ihm und erwiderte seinen Blick.

»Wissen Sie, Hector«, sagte ich schließlich, »ich glaube, wir hatten vielleicht gerade Sex miteinander. Aber ich bin nicht sicher.«

Er lachte fröhlich und entblößte dabei sehr weiße Zähne. »Mein Fehler«, sagte er und nickte entschuldigend.

Doch jetzt, dachte ich, ist es aus mit der Glückseligkeit. Diesmal keine *Tristesse* und Zigaretten, Kumpel.

Ich kam direkt zur Sache. »Hector, wie sind Sie und Niles an Savannah geraten?»

»An wen?»

»Einen Mann namens Brewer Bloodworth. Manche nennen ihn Savannah. Er ist – oder war jedenfalls – ein Kredithai, ein gefährlicher Typ. Obwohl er jetzt nichts Gefährlicheres zu tun scheint, als scharfgewürzten Fisch zu braten.«

Hector lächelte weiter. »Alice, Sie gehören wohl zu einer seltenen Spezies, nicht wahr?«

»Tatsächlich? Zu welcher?«

»Sie sind eine wirklich witzige Frau. So einer Frau begegnet man nicht oft.«

»Vielen Dank, Hector.«

»Und was noch seltener ist – Sie sind eine sehr direkte Frau. Und deshalb werde ich gar nicht versuchen, Sie zu belügen. Niles und ich waren sehr jung und sehr naiv in bezug auf ... das Geschäft. Wir hatten keine Ahnung, worauf wir uns mit dem Restaurant einließen. Wir dachten, es würde Spaß machen, ein Lokal zu führen, in dem sich elegante, einflußreiche Menschen trafen. Und so war es auch, das kann ich Ihnen versichern. Doch es dauerte nicht lange, da steckten wir bis über beide Ohren in Schulden. Mr. Bloodworth kam uns zu Hilfe – wenn auch nicht nur aus reiner Herzensgüte. Er ist kein Altruist, soviel steht fest. Es war hart, seinen Forderungen nachzukommen, aber wir schafften es. Am Ende verloren wir das Café, zusammen mit unserer Unschuld. Und dann lebten wir weiter. Also – wollten Sie das wissen?«

»Es ist ein Anfang.«

Hector lachte wieder. »Sehr gut. Nur weiter. Was möchten Sie sonst noch wissen?«

»Ich habe gehört, daß Sie und Niles vor seinem Tod nicht sehr gut miteinander ausgekommen sind. Ist daran etwas Wahres?«

»Zum Teil.«

»Was für Probleme hatten Sie miteinander?«

»Ah. Hier, fürchte ich, wird meine Offenheit enden müssen. Es war eine rein persönliche Angelegenheit. Etwas, worüber ich niemals mit einer Dame sprechen würde.«

»Nicht einmal mit Grace Ann?«

»Nein. Nicht einmal mit Grace Ann.«

»Sind Sie da sicher, Hector? War es nicht vielleicht etwas, wobei Sie Ihnen hätte helfen können – wenigstens finanziell?«

Ich hatte ihn beleidigt. Doch nicht einmal das brachte ihn aus der Fassung.

»Geld löst so viele Probleme«, sagte er ruhig. »Aber dieses nicht.«

»Nein«, sagte ich. »Nein, wahrscheinlich haben Sie

recht. Geld wäre keine Hilfe, wenn Sie zum Beispiel eine Affäre mit Lainie Wiegel gehabt hätten und Niles draufgekommen wäre.«

Er wirkte ehrlich überrascht – und verletzt – von dieser Bemerkung. Er gab jedoch keine Antwort.

Verdammt, er war gut. Ich kam mir allmählich vor wie eine Klatschbase mit schmutziger Phantasie. Manche Menschen verstanden es meisterhaft, den Spieß umzudrehen. Hector hatte vielleicht einen schlechten Charakter, aber er wußte, wie man mit Menschen umgeht.

Ich mußte wieder so direkt werden wie vorhin, bevor er mich mit seiner Raffinesse noch hinauskomplimentierte. »Sie können schweigen, wenn Sie wollen, Hector, aber ich weiß, daß Sie mit Penny Motion geschlafen haben.«

»O ja«, sagte er leise. »Das war eine Taktlosigkeit, die ich inzwischen ehrlich bereue.«

»Wußte Grace Ann davon, bevor Penny ermordet wurde?«

»Nein, natürlich nicht. Grace Ann ist meine liebste Freundin. Ich hätte sie nie –«

»Haben Sie von ihr Geld angenommen, um Penny zu helfen?«

»Wir hatten eine Liebesaffäre, Penny und ich. Menschen, die eine Liebesaffäre haben, helfen einander auf die verschiedenste Art, wie es so schön heißt.«

»Haben Sie Penny umgebracht?«

Ich sah, wie in seinen verträumten Augen der Zorn aufblitzte. Er sagte nur: »Nein.«

»Haben Sie sie geliebt?«

»Noch einmal, Alice, manche Dinge sind zu persönlich, um darüber zu sprechen. Ich sage nur soviel, daß es möglich ist, mehr als eine Frau zur gleichen Zeit zu lieben. Sie sind eine schöne Frau. Waren Sie noch nie in einer ähnlichen Situation?«

Ich beschloß, darauf nicht einzugehen. Ich ignorierte die Frage. »Hector«, sagte ich in vertraulichem Tonfall, »ich bin sicher, daß inzwischen einige Menschen glauben, daß Niles' Tod kein Unfall war.«

»Und Sie zählen sich selbst zweifellos auch dazu.«

»Richtig.«

»Und Sie wollen wissen, ob ich auch dieser Meinung bin?«

»Nein. Ich will wissen, ob Sie ihn umgebracht haben. Sie haben es getan, nicht wahr?«

Mittlerweile hatte Hector seinen Gleichmut wiedererlangt. Er erhob sich mühelos von dem Fitneßgerät und schlang sich ein makellos weißes Handtuch um den Hals. »Vielleicht möchten Sie meine Antwort im Swimmingpool hören.«

»Wie bitte?«

»Ich lade Sie ein, mit mir schwimmen zu gehen, Alice.«

»Ein andermal.«

»Ich wünschte, das wäre Ihr Ernst«, sagte er und trat ganz nah an mich heran.

Da war wieder dieser Blick. Seine Art, einen mit diesen Augen an sich heranzuziehen.

Hector legte mir die Hand auf die Schulter. Ich blickte hinunter auf den Flaum feiner schwarzer Haare, der an seinem Handgelenk begann und den bronzefarbenen Unterarm bedeckte.

Mir fiel ein Satz ein, den ich für wirkungsvoll hielt – und in dem kein witziges Wort vorkam. Doch bevor ich etwas sagen konnte, küßte er mich.

Er küßte mich! Ja.

Und während er mich küßte, seine vollen, festen Lippen auf die meinen preßte, drückte er mit der Hand gleichmäßig und sanft auf mein Kreuz – und ich nahm seinen ungewöhnlich süßen männlichen

Schweißgeruch wahr –, und einen kurzen Augenblick hatte ich das Gefühl, daß meine Knie nachgaben.

Ich wußte genau, wie abgedroschen die Geste war, doch als er mich endlich loßließ, gab ich ihm eine kräftige Ohrfeige.

Nicht einmal jetzt hörte er auf zu lächeln. Statt dessen schüttelte er bedauernd den Kopf. »Ich muß jetzt gehen, Alice. Schade. Ich habe große Dinge für uns prophezeit.«

»Sie haben sie umgebracht!« rief ich ihm nach.

Doch Hector war weg.

Fliss lachte so sehr, daß er ein Taschentuch brauchte, um seine Tränen zu trocknen.

»Mein Gott, Alice. Ihr Leben ist besser als eine Episode von *Melrose Place*. Stille Wasser, meine Liebe, stille Wasser.«

Ich nahm mir noch einen fetten Ingwerkeks von dem blauen Porzellanteller. Als ich gekommen war, hatte er gerade Tee getrunken.

»Es freut mich, daß Sie es so lustig finden«, sagte ich.

»Ach du liebe Zeit, ja. Sie reihen sich in eine sehr lange Warteschlange. Hectors Eroberungen sind zahllos.«

»Zählen Sie mich nicht zu seinen Eroberungen, Fliss. Vielleicht ist ja sogar er eine von meinen Eroberungen. Kann sein, daß ich ihm zwei Morde nachweise.«

»Glauben Sie ernsthaft, er könnte es getan haben?«

»Sie wären überrascht, welche Menschen zu einem Mord fähig sind, Fliss. Und aus welchen Gründen. Offensichtlich sind nicht alle von ihnen Gangster oder hartgesottene Verbrecher. Und das bringt mich auch gleich auf einen anderen Punkt. Zu einer Frage, die ich Ihnen stellen muß.«

»*Moi*?«

»Ja. Es geht um Brewer Bloodworth. Auch als Savannah bekannt.«

»Was für ein langweiliger *nom de plume*! Hätte er sich nicht etwas ein klein wenig Phantasievolleres einfallen lassen können?«

»Vielleicht hat er ihn sich nicht selbst ausgesucht«, sagte ich.

»Wie wahr. Vielleicht haben ihm die anderen Häftlinge in diesem reizenden Gefängnis diesen Namen verpaßt.«

»Vielleicht. Aber was ich mich frage, ist, wie konnten Sie – und all die anderen Leute in der Modebranche – Bloodworth kennen, seinen Partyservice engagieren, ihn zu Partys einladen und so weiter, ohne die leiseste Ahnung zu haben, daß er ein Kredithai war – ein Gangster?«

Fliss seufzte. »Sie lernen langsam, nicht wahr, Alice? Wissen Sie denn nicht, daß – vielleicht mit Ausnahme von Lady Di – niemand auf dieser Welt der ist, der er zu sein vorgibt?«

»Niemand?«

»Absolut niemand.«

»Schließt das auch Sie ein, Fliss?«

Er brüllte vor Lachen. »Mich ganz besonders, Sie dummes Huhn. Habe ich Ihnen das denn nicht erzählt? Als blondgelockter Jüngling sah ich mir immer die Nachtfilme an, und der Film *Laura* hat mein Leben verändert. Clifton Webb als Waldo Lydecker wurde mein Ideal, Alice. Mein Idol. Aber ich bin nicht Waldo. In Wirklichkeit bin ich eine jener armen Kreaturen aus *Der Zauberer von Oz*.«

»Sie meinen, wie die Vogelscheuche?«

»Genau, meine Teure. Ich habe mich selbst erfunden, Darling. Ich bestehe nur aus Sägespänen, Federn und Rauch. Aber heißt denn das, daß ich nicht ebenso toll bin wie irgendein anderer Dussel?«

Ich lächelte und zuckte die Achseln.

»Und jetzt reichen Sie mir diesen Sherry und hören Sie auf, sich mit Süßigkeiten vollzustopfen.«

Ich war entsetzlich verwirrt. Und ein wenig beschwipst. Ich hatte in Fliss' Suite drei Sherrys getrunken.

Ich wanderte ziellos die 23rd Street entlang. In einer Art Nebel. Und hoffte, daß ich nicht gegen eine Wand laufen würde. Es war genau wie diese verrückte Ermittlung. Nichts fügte sich richtig zusammen. Die Hinweise, die Menschen, die Geheimnisse, alles wirbelte um mich herum und verdeckte alles. Und es gab so viele Wände.

Wie hatte es Tony an jenem Tag ausgedrückt? Er sagte, er würde einen »kühnen Schritt« machen. Das war es. Diese Bemerkung schien etwa zehn Jahre zurückzuliegen. Damals hatte er mich belogen und mir erzählt, er hätte Penny Motion in einer Kneipe getroffen und die Gelegenheit wahrgenommen, ihre Handtasche zu durchsuchen.

Ein kühner Schritt wäre jetzt genau das Richtige. Aber mir fiel keiner ein.

Ich war bis zur Third Avenue gekommen. Ich war weniger als fünf Minuten von meiner alten Wohnung entfernt, in der jetzt Basillio lebte. Wahrscheinlich hatten mich meine Gedanken an ihn hierhergeführt.

Ich ging ins Delikatessengeschäft und kaufte ein paar Sandwiches, Fruchtsaft und Kaffee. Man konnte sich nicht darauf verlassen, daß Basillio mehr als eine Knoblauchzwiebel und einen Becher klebrige Eiskrem im Kühlschrank hatte.

Ich hatte noch immer die Schlüssel. Ich schloß die

Haustür auf und blieb kurz stehen, um einen liebevollen Blick auf meinen alten Briefkasten zu werfen. Danach begann ich mit dem langen Aufstieg.

Ich klopfte etliche Male, bevor ich drinnen eine Bewegung hörte. Dann wurde endlich der Schlüssel im Schloß umgedreht. Die Tür ging weit auf.

Ich ließ fast die Einkaufstüte fallen, als Tony in der Tür erschien. Er sah furchtbar aus!

Er war noch im Bademantel, und darunter trug er ein zerknittertes T-Shirt und eine alte Pyjamahose. Er war unrasiert. Barfuß. Das Haar zerzaust. Er hatte mindestens zehn Pfund abgenommen.

»Mein Gott, Tony, was ist denn los mit dir?«

Er zuckte teilnahmslos die Achseln.

Ich stellte die Einkaufstasche ab und lief zu ihm. Ich befühlte mit der Handfläche seine Stirn und knallte gleichzeitig mit dem Fuß die Tür zu.

Ich wußte, ich konnte auf Mrs. Oshrin zählen. Und sie enttäuschte mich nicht. Sie hatte unzählige Dosen Suppe in ihrem Schrank, und sie brachte eine Auswahl davon herüber. Ich steckte Tony wieder ins Bett und flößte ihm mit Gewalt heiße Hühnerbrühe ein.

Basillio hatte nur leicht erhöhte Temperatur. Aber was *war* dann los mit ihm?

Meiner Meinung nach hatte er diese namenlose Krankheit. Ein Leiden, das jeden auf der ganzen Welt befallen kann. Aber ich habe es immer für eine Krankheit gehalten, die nur bei Stadtbewohnern vorkommt – zum Teil Grippe, zum Teil Überarbeitung, zum Teil Kummer und – all das überschattend – zum Teil Depression. Wie viele von uns haben einen lähmenden Tag nach dem anderen auf dem Sofa verbracht und zu viel oder zu wenig gegessen, Seifenopern angesehen oder an die Decke gestarrt, ununterbrochen geweint oder vor Traurigkeit gar nichts gefühlt. Mit der Zeit vergeht es. Wenn wir Glück haben, steht jemand mit Suppe und Mitgefühl vor der Tür und hilft uns, auf die andere Seite durchzutauchen.

Tony hatte es schlimm erwischt.

Ich erzählte ihm von den Sackgassen und den Enttäuschungen bei meinem Fall. Schließlich begann er zu reagieren.

Nach ein paar Stunden hatte er beide Sandwiches gegessen und entwickelte selbst Theorien, wer schuldig war und wer nicht.

Bevor wir soweit waren, hatten wir die schmerzliche Wunde seiner kurzen Affäre mit Penny Motion aufreißen müssen. Das war schwierig gewesen. Ich persönlich wollte nichts darüber hören. Doch als Ermittlerin *mußte* ich es hören – ich mußte ihm zuhören, jede Einzelheit nachvollziehen, nachhaken und nach weiteren Details fragen.

Als er darüber sprach, tat er, als weine er nicht, und ich tat, als bemerke ich seine Tränen nicht.

Über eines waren wir uns einig. Penny war möglicherweise im Tod – vielleicht noch mehr als im Leben – der Schlüssel zur Lösung dieses Falles.

Basillio überlegte sich sogar unseren nächsten kühnen Schritt: Wir mußten in dieses Büro – oder die Fabrik oder den Arbeitsraum – was immer es war – in der 14th Street gelangen, wo Penny Motions mysteriöse Designfirma untergebracht war. Ich hatte noch den Zettel mit der Adresse, den mir Tony gegeben hatte.

Nur über eines waren wir uns nicht einig. Eine Hürde. *Wir* mußten da hineinkommen, hatte Tony gesagt. *Wir.*

Bei dieser Aktion konnte es kein »wir« geben. Tony hatte schon genug Probleme. Bei einem Einbruch in Pennys Räumlichkeiten – von deren Existenz die Polizei vielleicht gar nichts wußte – erwischt zu werden, war für ihn als Mordverdächtigen das letzte, was er brauchte.

Außerdem hatte Tony noch immer dieses Leiden. Ich kannte alle Stadien davon. Er mochte sich vielleicht jetzt gerade recht lebhaft mit mir unterhalten. Aber ich würde bald gehen, und er wußte es. Und er wußte, ich hatte ihm noch nicht verziehen. Nein, er war noch immer krank. Er würde noch ein, zwei Tage nicht auf den Beinen sein, noch nicht bereit für ein solches Abenteuer.

Und daher würde ich jetzt eine neue Karriere in Angriff nehmen, eine Karriere als Fassadenkletterin.

Und das war eine Ein-Frau-Show. Ein Solo.

KAPITEL 12

Zum Glück gab es jemanden, der mir meinen dummen Plan, mitten in der Nacht im sogenannten Fleischbezirk herumzuspazieren, um einen Einbruch – ein sehr schwerwiegendes Verbrechen – zu begehen, ausredete.

Wer war die Stimme der Vernunft? Meine Nichte Alison.

Sie redete vernünftig, und ich hörte ihr zu. Doch obwohl ich akzeptierte, was sie sagte, brauchte sich an meinem Plan grundsätzlich nichts zu ändern, mit einer Ausnahme: Ich würde nicht allein herumspazieren.

Alison kam mit.

Und Felix, ihr liebenswürdiger, sanftmütiger, gelehrter Freund, der Psychiater mit der beginnenden Glatze und gleichzeitig mein Vermieter, ebenfalls.

Eigentlich verstand ich nicht, was an diesem legendären Einbruch so schwierig sein sollte. Im Grunde war es für mich ein Klacks. Leute wie ich, die auf einer Milchfarm aufgewachsen sind, lernen schon in jungen Jahren, einzubrechen. Es bleibt einem nichts anderes übrig. Stalltüren verziehen sich und frieren zu. Die Fenster klemmen ständig. Die Natur scheint sich zu verschwören, um einen auszuschließen oder einzuschließen. Also lernt man sehr rasch, sich gewaltsam Zutritt zu verschaffen.

Wir waren binnen Sekunden drinnen.

Felix ging voraus, um alles auszukundschaften. Er leuchtete mit seiner unauffälligen High-Tech-Taschenlampe in diese und in jene Ecke und kam dann zurück zur Tür, um uns hineinzuwinken.

Erst als wir alle Jalousien heruntergelassen und die Tischlampe eingeschaltet hatten, konnte ich mir Alisons Kleidung ansehen. In ihrem hautengen schwarzen Overall war sie die perfekte kleine Fassadenkletterin. Diesen Overall hatte ich letzten Monat im Schaufenster der Boutique Ariel gesehen.

Witzigerweise paßte Felix' Kleidung genau zu Alisons Aufmachung. Er hatte schwarze Jeans an, einen schwarzen Rollkragenpullover und eine glänzende schwarze Lederjacke – mit nur ein oder zwei geschmackvollen Zippverschlüssen, die kreuz und quer über seine Brust verliefen.

Immerhin trugen sie keine Batman-Masken. Gott sei Dank.

Als mich meine beiden Assistenten fragten, wonach sie suchen sollten, antwortete ich: »Nach allem.«

Wir konnten Briefe brauchen, Empfangsbestätigungen, Kontoauszüge, eingelöste Schecks - alles.

Wir fanden nichts dergleichen.

Abgesehen von dem Ständer mit Kleidern im hinteren Teil des Raumes, zwei Zuschneidetischen, der Nähmaschine und ein paar Päckchen Instantkaffee befand sich absolut nichts in dem Atelier. Es sah aus wie ein Raum, der erst vor kurzem feinsäuberlich ausgeräumt worden war. Sorgfältig und systematisch ausgeräumt. Wie ein Hund einen Knochen feinsäuberlich vom Fleisch befreit. Ich hatte das Gefühl, daß jemand aus unserem Kreis von Verdächtigen aus der Modewelt vor uns hiergewesen war.

Ich sagte zu Alison und Felix, daß es hier offenbar für uns nichts mehr zu tun gäbe. »Wir haben ja keine

Fingerabdruck-Ausrüstung dabei oder so was«, scherzte ich.

»So eine Ausrüstung kann ich dir besorgen, Alice«, rief mir Felix über die Schulter zu, während er zu dem einsamen Kleiderständer ging.

»Vielen Dank, Felix. Wenn ich eine brauche, lasse ich es dich wissen.«

Alison und ich gesellten uns zu ihm in den hinteren Teil des Ateliers.

Meine Nichte hob eines der Kleidungsstücke auf dem Kleiderbügel hoch und stieß es sofort wieder von sich. »Also wirklich, Tante Alice. Wenn das Pennys Creationen sind, denke ich, Monsieur Givenchy kann heute nacht ruhig schlafen.«

Sie schlenderte durch den Raum zurück und kontrollierte in dem bodenlangen Spiegel ihre Nähte.

Die »Creationen«, von denen Alison sprach, waren ziemlich scheußlich. Jacken und Westen aus gewaschenem – und in manchen Fällen nicht gewaschenem – Jeansstoff und absichtlich, wenn auch nicht raffiniert, zerrissen oder an den verschiedensten Stellen zerschnitten. Und an diese Kleidungsstücke waren Flicken aus fleckiger Spitze, kleine religiöse Bildchen und politische Slogans aus vergangenen Zeiten angenäht.

Doch einige der Kleider hatten die schönsten Knöpfe, die ich je gesehen hatte.

Da ich im Herzen noch immer ein Bauernmädchen bin, liebe ich Knöpfe über alles. Ich beugte mich vor, um mir das Muster eines kunstvoll verzierten Knopfes anzuschauen. Ich blickte zu Felix hinüber und sah, daß er dasselbe tat und sogar noch mehr in seine Tätigkeit vertieft war.

»Hast du diese Knöpfe gesehen?« fragte er verwundert.

»Sie sind wirklich schön, nicht wahr?«

»Sie sind viel mehr als das, Alice. Sie sind bemerkenswert! Die sind aus echtem Fischbein, weißt du. Und sieh dir die Detailarbeit an. Wirklich bemerkenswert! Wenn ich nach Hause komme, muß ich nachschlagen, aber ich glaube, ich weiß vielleicht, wer der Künstler war, der sie hergestellt hat.«

»Felix weiß alles, Tante Alice«, rief meine Nichte von der anderen Seite des Raumes herüber. »Stell ihm irgendeine Frage über frühe amerikanische Patchwork-Decken, die Perlenkunst der Navajos, Art-deco-Keramik, deutsche Füllfederhalter ... oh, die Liste ist endlos. Aber leider redet Felix nicht nur über diese Dinge, er besitzt sie auch, oder, besser gesagt, er *sammelt* sie. Und bald ...« sie lief zu Felix und gab ihm einen Kuß auf die Wange »... bald werde ich ausziehen müssen, um Platz zu machen für seine – was ist es? – Sammlung von Knöpfen aus Fischbein.«

»Nein, brauchst du nicht, Liebling«, sagte Felix fröhlich. »Ich kaufe einfach ein größeres Haus.«

»Lieber Felix«, sagte meine Nichte und strich ihm über den Kopf.

Lieber Felix, wiederholte ich im Geist. Jetzt war es mir unbegreiflich, daß ich ihn einmal für einen Schurken der übelsten Sorte gehalten hatte.

Wir knipsten die Lampe aus und machten uns zum Gehen bereit. Dann drehte ich mich um und ging zurück zu dem Ständer mit den Jeanswesten und -jacken.

Wir waren hergekommen, um das Gesetz zu brechen, aber bisher hatten wir – mit Ausnahme eines unspektakulären Einbruchs – nichts Gesetzwidriges getan.

Also entschied ich, daß es höchste Zeit war, etwas zu stehlen.

Der Fleischbezirk, wie die kleine Enklave am ganz westlichen Teil der 14th Street nahe dem Hudson River genannt wird, kann nachts ziemlich beängstigend sein. Es ist stockfinster, und die Typen, die sich dort herumtreiben, umfassen die gesamte Palette – von tapferen Touristen auf der Suche nach abgelegenen Steakrestaurants über betrunkene Collegestudenten, die aus dem irischen Pub torkeln und Taschendiebe bis zu überaggressiven Transvestiten auf dem Strich.

Und die uneingeschränkten Herrscher sind die Ratten! Alison und ich hielten uns beim Gehen an Felix fest. Wir schwiegen und lauschten dem Scharren und Rascheln, das aus den schwarzen Müllsäcken im Rinnstein zu hören war. Ab und zu lagen richtige Fleischbrocken herum, Knorpel und Knochen, die Abfälle der Fleischer, die es hier gab.

Felix schien die Gegend nicht sehr zu beunruhigen. Er sah aus wie ein Mann, der einen angenehmen Abendspaziergang macht und zufällig an jedem Arm eine ängstliche blonde Frau hat.

»Ich sterbe vor Hunger!« sagte Felix, als wir das vertrautere Terrain der Christopher Street erreichten. »Ist sonst noch jemand hungrig?«

Alison und ich wechselten einen Blick. Jede von uns schien darauf zu warten, was die andere antwortete. Schließlich nickten wir beide Felix zu.

Auf dem Weg zu Felix' Sandsteinhaus in der Barrow Street gingen wir in ein Gourmet-Delikatessengeschäft und flippten dort vollkommen aus. Wir kauften so viele Lebensmittel, daß wir das gesamte Village hätten ernähren können.

Die Jeansweste, die ich aus Pennys Loft entwendet hatte, unter dem Arm, blieb ich in der 6th Avenue kurz stehen, um Tony anzurufen.

»Wie geht es dir, Basillio? Fühlst du dich besser?« fragte ich, als er den Hörer abhob.

Er antwortete etwas Unverbindliches und fragte: »Hast du in Pennys Geschäftsräumen irgend etwas gefunden?«

»Sehr wenig. Ich glaube, die Ratten waren vor uns da.«

»Welche Ratten?«

»Unwichtig. Fühlst du dich kräftig genug, in ein Taxi zu steigen und zu Felix zu kommen?«

»Warum?«

»Ein kultiviertes Freßgelage. Ich habe Provolone gekauft, von dem du begeistert sein wirst. Und Felix sagt, er hat eine Flasche Rotwein, auf der dein Name steht.«

»Also«, begann Tony, »ich weiß nicht, ob ich wirklich –«

»Natürlich sollst du wirklich, *paisan*! Wir haben Süßes für dich, wir haben Saures für dich. Wir haben Schweinebraten, wir haben Bonbons. Alles, außer dem Kirschkuchen deiner Tante Emily. Also geh 'runter! Es wird dir guttun, aus dem Haus zu kommen.«

Fünfzehn Minuten später stand er vor der Tür.

Wir stopften uns mit Schwarzwälder Schinken voll, mit weißem Spargel, Sauerteigbrot mit Oliven, importiertem Käse, gefüllten Weinblättern, gelben Kirschen (gar nicht der Jahreszeit entsprechend), handgemachten bittersüßen Pralinen und allem, was es sonst noch gab.

Plötzlich ließ Alison ein gefülltes Weinblatt auf den Fußboden fallen. Es war ihr wie ein Fisch aus den Fingern geflutscht.

»Wartet!« schrie sie.

Wir hörten alle auf zu essen und starrten sie an. Sie wiederum starrte das Weinblatt auf dem Fußboden an.

Irgend etwas beunruhigte sie ganz offensichtlich.

»Was ist denn los, Liebling?« fragte der pflichtbewußte und stets besorgte Felix.

Am Rande irgendeiner Art von Hysterie antwortete sie: »Warum sitzen wir bloß alle da und essen wie verrückt? Was tun wir hier? Warum feiern wir?«

»Vor Aufregung«, antwortete Felix. »Die Aufregung hat uns hungrig gemacht.«

»Welche Aufregung? Wir haben doch bloß eine knarrende alte Tür in der Werkstatt einer Toten aufgestoßen«, sagte sie.

Alison starrte uns alle finster an.

Dann sah sie sich selbst an – ihre Fassadenkletterer-Aufmachung. »Und ich mache mich mit dieser Kleidung lächerlich. Einfach total lächerlich.« Mir warf sie einen besonders vorwurfsvollen Blick zu. Keiner wußte, wie er auf ihren Ausbruch reagieren sollte. Vielleicht hatte sie ja recht.

Felix hob das Weinblatt mit einer Serviette auf.

»Wir haben getan, was wir tun mußten«, sagte ich.

»Nein, Tante Alice. Du hast getan, was du tun mußtest. Ich liebe dich sehr, aber du hast diese aufreizende Fähigkeit, alle anderen in deine Abenteuer hineinzuziehen. Und es endet immer damit, daß du gescheit dastehst und wir dumm aussehen.«

»Mir kommt hier keiner dumm vor. Ich bin dankbar für eure Hilfe.«

Alison lehnte sich zurück und begann an einem Stück Brot zu kauen. Sie war noch immer erregt, versuchte aber, sich zu beherrschen. Felix sah verwirrt aus. Tony schaute weg.

Ich hätte meine Nichte sehr gerne in die Arme genommen, doch ich tat es nicht. Ich fühlte mich den Tränen nahe. Aber ich hatte das Gefühl, bei diesem seltsamen Ausbruch ging es nicht um irgend etwas, das in den letzten Stunden oder Tagen passiert war. Nicht einmal um etwas, das passiert war, seit sie aus Frankreich in die USA zurückgekommen war. Es hatte etwas mit ihrem toten Mann zu tun ... dem jungen Mann, der sich in Frankreich umgebracht hatte. Es hatte etwas mit der Kleidung zu tun, die sie trug; der Einbruch hatte sie in eine andere Zeit und an einen anderen Ort versetzt. Sie hatte mit mir kaum je über diese Zeit gesprochen. Vielleicht auch nicht mit Felix. »Wollt ihr Musik hören?« fragte Felix niemanden im besonderen.

»Das wäre schön«, sagte ich.

»Das wäre schön«, sagte Alison, und ich hatte das Gefühl, daß sie sich über mich lustig machte ... mich mit den genau gleichen Worten und in dem genau gleichen Tonfall nachäffte.

»Solange es nicht ›Der Tod und das Mädchen ist‹«, sagte Tony trocken.

Plötzlich begannen alle zu lachen. Und ein paar Sekunden später war Alisons hysterischer Anfall vorbei, und wir widmeten uns wieder den leiblichen Genüssen.

Kaffee und Cognac tranken wir in der Bibliothek. Tony und Alison – die vermutlich in ihrem ganzen Leben noch nie so viel gegessen hatte – lagen lang ausgestreckt wie zwei Leichen auf dem Sofa. Felix studierte eines seiner dicken Nachschlagewerke.

Ich entschuldigte mich einen Augenblick und ging hinaus in den Flur. Als ich zurückkam, trug ich die Jeansweste, die ich aus Pennys Atelier mitgenommen hatte.

»O nein«, stöhnte Alison. »Bitte tu dieses Ding weg! Beim Anblick dieser dreckigen Weste wird mir schlecht.«

»Entschuldige, Liebes«, sagte ich. »Ich dachte nur, sie weckt vielleicht in unserem Tony zärtliche Erinnerungen.« Und ich ahmte den dümmlichen, lebhaften, schwingenden Gang der Models auf dem Laufsteg nach.

Tony setzte sich auf. »Wovon redest du?«

»Ich glaube, das ist das Werk der verstorbenen Miss Motion. Ich habe mich gefragt, ob das auch eines der vielen Talente war, die sie dir offenbart hat ... Erkennst du es wieder?«

Stille.

Alisons Gesicht wurde blutrot.

Schließlich sagte Tony: »Das war gemein, Schwedenmädel – ich meine, Alice. Selbst wenn du jede Ursache hast, böse zu mir zu sein.«

Düstere Stimmung legte sich über den Raum. Ich wußte, ich war zu weit gegangen.

Warum hatte ich die Weste mitgenommen?

Besser gesagt, gestohlen. Ich hatte sie gestohlen. Sie gehörte mir nicht. Schlimmer noch – ich hatte sie einer Toten gestohlen.

Seit wann war Alice Nestleton eine Diebin? Das letzte Mal, daß ich etwas gestohlen hatte, war schon sehr lange her. Mit dreizehn, um genau zu sein. Und die Beute war ein wunderschöner Mont-Blanc-Füllfederhalter gewesen.

Ich stahl ihn Sue Dranger, die in der Klasse neben mir saß.

Der Diebstahl wurde bald entdeckt, und ich wurde ins Büro des Direktors gerufen. Und dann wurde ich nach Hause geschickt.

Als ich heimkam, hatte der Direktor bereits meine Großmutter angerufen.

»Warum hast du das getan?« fragte mich Oma.

Ich weiß noch, daß wir in der riesigen Küche waren. Sie reinigte gerade einen ihrer Töpfe, scheuerte ihn blitzblank.

Ich antwortete nicht. Sie wischte sich an einem Handtuch die Hände ab.

»Hast du mich gehört, Alice?«

Und dann gab ich ihr eine neunmalkluge Antwort. Irgendwas in der Art wie ... also ... ich hatte ein Glas Tinte und wußte nicht, was ich damit tun sollte, und statt es wegzuwerfen, dachte ich, stehle ich eben einen Füllfederhalter.

Ja, das war eine sehr neunmalkluge Antwort, aber so sind dreizehnjährige Mädchen nun mal.

Sie gab mir eine Ohrfeige.

Und dann starrten wir einander entsetzt an.

Und brachen beide in Tränen aus.

Das war das letzte, was ich gestohlen hatte. Bis jetzt.

Warum hatte ich die Weste genommen? Als ich es tat, hatte ich eigentlich keinen Grund dafür. Ich nahm sie einfach.

Sie war nicht mein Stil, soviel steht fest. Oder auch nur meine Größe. Sie war mir ein wenig eng.

Ich schloß einen Moment die Augen. Ich schämte mich. Die Wahrheit stand vor mir. Ich hatte sie gestohlen, um Tonys Zuneigung zu der jungen Frau zu verspotten. O ja, das war es. Um mich über seine Zuneigung zu einem Punk-Mädchen lustig zu machen. Die elegante Alice Nestleton würde nie etwas derartiges tragen. Ich hatte sie gestohlen, um mich an ihm zu rächen.

Ich mußte den Tatsachen ins Auge sehen. Es war die Tat einer eifersüchtigen, nachtragenden, rachsüchtigen Frau. Ich zahlte es Tony heim.

Doch ich mußte die Scharade in gemilderter Form weiterführen. Zumindest vor Alison und Felix.

»Es tut mir sehr leid, Tony. Das war ... respektlos ... Penny und dir gegenüber. Ich hätte es nicht so sagen sollen. Aber erkennst du sie wieder?«

Er schüttelte den Kopf.

Ich zog die Weste aus.

»Zeig sie mir noch einmal, Alice«, rief Felix zu mir herüber.

Gemeinsam untersuchten wir mit Hilfe von Felix' Lupe die schimmernden Knöpfe. Der eine Knopf war mit einer wunderschön gearbeiteten Harpune verziert – ein typisches Neuengland-Motiv, wie es Felix ausdrückte. Er verglich die Knöpfe immer wieder mit anderen, die in seinem Nachschlagewerk abgebildet waren.

»Nun«, sagte er schließlich, »ich kann nicht eindeutig sagen, wessen Arbeit diese Knöpfe sind, aber es besteht kein Zweifel daran, daß es sich um Erbstücke handelt. Echte Fischbeinknöpfe, zirka 1840. Einer dieser Knöpfe ist mehr wert als zehn dieser kleinen Westen – oder was immer das ist. Da sie so klein und leicht zu transportieren sind, werden Dinge wie Knöpfe und Füllfederhalter und dergleichen sehr häufig gestohlen. Der Handel mit heißen Sammlerwaren wie diesen floriert. Besonders, wenn sie in New Bedford hergestellt wurden.

Aber ich glaube, Miss Motion wußte bloß nicht, wie sie so etwas – wie heißt das Wort? – ›verhökern‹ sollte. Und natürlich besteht auch die Möglichkeit, daß sie ihren Wert überhaupt nicht erkannte. Und so hat sie sie für ihre –«

»Creationen«, half ich ihm weiter.

»Ja, für ihre Creationen verwendet«, nickte er und ging Alison nach, die aus dem Raum wankte.

Sie hatte gegessen, bis ihr schlecht war. Sie tat mir leid. Doch meine Gedanken waren woanders. Ich dachte an Raub. Auf der Straße und anderswo.

Der ganze Abend war auf Raub aufgebaut, wie ich jetzt merkte.

Und vielleicht ging es auch in unserem Fall darum!

Ja, bei dem seltsamen, undurchsichtigen Todesfall aufgrund einer Pastete ging es vielleicht um einen Diebstahl, bei dem die Zusammenhänge problemlos nachvollziehbar waren.

Es raubte mir den Atem. Besonders, weil meine eigene Gemeinheit, der Diebstahl der Weste, diese Zusammenhänge erst ans Tageslicht gebracht hatte.

KAPITEL 13

Detective Stark war nicht erfreut, mich zu sehen. Ehrlich gesagt, überraschte mich das nicht.

Wieder einmal hatte ich ihn beim Frühstück gestört. Er rechnete wohl damit, daß heute nicht viel los sein würde, denn neben seinem Cappuccino lagen sauber aufgestapelt alle vier New Yorker Tageszeitungen. Er hatte gerade erst zu lesen begonnen, als ich leise an die halb offene Tür klopfte und ins Zimmer trat.

Sein inneres Aufstöhnen war nicht zu vernehmen. Doch daß er nicht glücklich war, stand ihm ins Gesicht geschrieben.

Auch protestierte er nicht auf der Stelle gegen meinen Besuch. Aber er heftete seinen Blick starr auf einen Punkt an der gegenüberliegenden Wand.

»Ich werde Ihre Zeit nicht lange in Anspruch nehmen«, sagte ich und setzte mich auf den Stuhl vor seinem Schreibtisch. »Ich verspreche es.«

Er stieß einen tiefen Seufzer aus, senkte den Blick wieder auf die Zeitungen und sagte ruhig: »Ja. Und der Scheck ist in der Post – stimmt's?«

»Wie bitte?«

»Egal. Aus irgendeinem Grund gehen mir im Augenblick eine Menge abgedroschene Phrasen durch den Kopf. Einige davon ausgesprochen ordinär.«

Ich lächelte. So würde es also heute laufen.

»Detective Stark, ich glaube, ich muß mich bei

Ihnen dafür entschuldigen, daß ich jemals denken konnte, Sie seien der neue Typ von Polizeibeamten.«

»Übrigens«, sagte Stark, »wie oft waren Sie jetzt schon bei mir? Fünfmal? Sechsmal?«

»Nein. Nicht so oft. Ich glaube, dies ist das dritte Mal, daß ich mit Ihnen rede.«

»Wirklich? Irgendwie kam es mir viel öfter vor. Ja, ich habe mir sogar überlegt, da Sie diese Polizeistation offenbar so sehr lieben – ich meine, Sie haben schon eine beeindruckende Anzahl von Stunden hier verbracht – also ich dachte, vielleicht möchten Sie beim Hilfspersonal der Polizei anfangen. Da bekommen Sie eine recht attraktive, konservative blaue Uniform und ein nettes Abzeichen – und dann könnten wir uns natürlich jeden Tag sehen.«

Diese Art von Feindseligkeit war mir irgendwie total vertraut, doch anfangs wußte ich nicht, woher. Sie machte mich nicht wirklich zornig; eher fast wehmütig. Dann wurde mir klar, warum. Stark hörte sich an wie einer jener jugendlichen Regie-Wunderknaben, mit denen ich zu tun gehabt hatte. Wenn sie den Mund aufmachten, zogen sie ständig auf die unflätigste Art und Weise über andere her.

Ich antwortete nur: »Blau ist nicht meine Farbe.«

Dann ließ ich einen der Knöpfe vor ihm auf den Schreibtisch fallen. Er landete zu laut, als hätte ich ihn im Zorn hingeworfen.

Er lehnte sich zurück und starrte ihn an. Dann beugte er sich wieder vor, bis sein Gesicht nicht mehr als sieben Zentimeter von dem Knopf entfernt war. Er betrachtete ihn, als wäre er ein Miniatur-Raumschiff.

Doch als nach einer Minute keine kleinen grünen Männchen auftauchten, trank er einen Schluck Kaffee, riffelte die Seiten einer Zeitung durch und fragte: »Was ist das?«

»Ein Knopf«, erwiderte ich.

»Ich nähe nicht.«

»Das ist ein Fischbein-Knopf aus dem neunzehnten Jahrhundert, mit wunderschöner Schnitzereiarbeit, wie Sie sehen können.«

»Wie herrlich«, sagte er mit einem anerkennenden Nicken.

»Und er gehört zu einer Sammlung alter Knöpfe, die gestohlen wurde.«

»Was Sie nicht sagen!«

»Können Sie sie für mich ausfindig machen? Können Sie mir sagen, wo und wann die Sammlung gestohlen wurde? Und von wem? In Ihren Unterlagen gibt es doch gewiß Versicherungsmeldungen und Polizeiberichte.«

Er starrte den Knopf an und fragte dann mit beißendem Spott: »Ist dieses wertvolle Beweistück denn wichtig für den *schrecklichen* Pasteten-Mord?«

»Ja. Und für einen anderen *schrecklichen* Mord, den die Polizei in Manhattan North gerade untersucht.«

»Soll ich die gesamte Mannschaft auf diesen Knopf ansetzen? Vielleicht auch ein paar SWAT-Teams? Den Staatsschutz? Oder soll ich eine überregionale Sondereinsatztruppe aufstellen?«

»Ich brauche Ihre Hilfe, Detective. Es ist wichtig.«

Er nahm den Knopf in die Hand und schüttelte ihn wie einen Würfel.

»Jetzt hören Sie mir einmal zu, Miss Nestleton, oder Madame Nestleton – oder einfach Alice im Wunderland? Nein. Die Antwort ist nein. Ich werde keinen Finger rühren, um die Herkunft dieses Knopfes für sie ausfindig zu machen. Aber es war nett, daß Sie mich wieder einmal besucht haben. Ich freue mich schon auf Ihren nächsten Besuch.« Damit streckte er den Arm über den Schreibtisch aus und ließ den Knopf in meine Hand fallen.

Ich verließ die Polizeistation und marschierte vor Wut kochend zehn Straßen Richtung Norden, bevor ich einigermaßen die Beherrschung wiedergewonnen hatte. Und da wußte ich, daß ich Rothwax anrufen mußte. Er war der einzige, der mir jetzt helfen konnte.

Es kostete mich vier Vierteldollarmünzen, bis ich ein funktionierendes Telefon fand und die Nummer des Verbands koreanischer Kaufleute bekam. Endlich wurde ich mit dem Leiter des Sicherheitsdienstes verbunden. Rothwax' Stimme war Balsam für meine Seele.

»Ich bitte Sie um einen wichtigen Gefallen«, sagte ich.

»Wie immer«, antwortete er lachend. Und schwieg. Dann schien er meine Verzweiflung zu spüren. Er sagte: »Hören Sie, ich muß heute nachmittag um etwa zwei Uhr bei einem koreanischen Gemüsehändler in der 17th Street/Ecke Park Avenue sein. Die haben Probleme mit Jugendlichen von der High School in der Gegend. Treffen wir uns doch dort um etwa halb drei Uhr. Dann können Sie mir Ihre Probleme schildern. In Ordnung?«

»Gut.«

Er sagte: »Übrigens, wie geht's Ihrem Freund?«

Zuerst wußte ich nicht, welchen Freund er meinte. Ich hatte ganz vergessen, daß mich ja Rothwax in jener Nacht angerufen hatte, um mir zu sagen, daß die Polizei Tony wegen des Mordes an der armen Penny verhörte.

»Tony geht es gut«, log ich.

»Fein. Wir sehen uns um zwei«, sagte er und legte auf.

Ich hatte einige Stunden totzuschlagen, doch ich ging nicht zurück in meinen Loft. Ich verbrachte den Großteil der Zeit in einer riesigen neuen Buchhandlung in der 6th Avenue, in der auch ein Café war. Ich blätterte Dutzende phantastisch illustrierte Katzenbücher durch. Danach ging ich zu den Büchern über alte Filme. Dann arbeitete ich mich zu exotischen Kochbüchern vor. Nach den Kochbüchern, unter denen sich sogar ein köstlicher Band mit den besten Rezepten von Marcel Prousts Tafel befand, ging ich zu den praktischen Ratgebern für aufstrebende junge Schauspieler. Die stellten meinen Sinn für trockenen Humor auf eine harte Probe, gelinde ausgedrückt.

Überaus erregt begab ich mich zur 17th Street/Ecke Park Avenue. Rothwax erwartete mich bereits, ganz dienstlich, mit Diplomatenkoffer. Ich überlegte, ob er da drinnen wohl ein koreanisch-englisches Handbuch hatte, das die Angestellten unterwies, wie man mit Jugendlichen umgeht, die Äpfel stehlen.

Er hatte sich kaum verändert ... nun, er war etwas korpulenter, und seine roten Haare waren noch dünner geworden. Seine großen Hände sahen wie üblich frisch manikürt aus. Er trug noch immer einen Anzug, der seit zwanzig Jahren aus der Mode war, und auf Hochglanz polierte Schuhe. Seine Krawatte war ein Alptraum.

»Lange nicht mehr gesehen«, sagte er. Wir schüttelten uns die Hände. »Sie sehen unheimlich gut aus, Katzenfrau«, fügte er hinzu.

Wir gingen in die Old Town Bar in der 18th Street und setzten uns in eine Nische. Ich bestellte Ginger Ale, Rothwax eine Flasche dunkles Bier. Wir beschlossen, uns ein gegrilltes Käse-Tomatensandwich zu teilen. Mit amerikanischem Käse, den Rothwax bevorzugte.

»Fehlt Ihnen die Polizei?« fragte ich.

»Dienstags und donnerstags«, erwiderte er.

Genug der Konversation. Ich legte den Knopf auf

den Tisch. Ich sagte ihm, was das war. Ich sagte ihm, welche Informationen ich brauchte.

Und dann tat er etwas Wunderbares. Er nahm den Knopf, legte ihn auf eine Serviette, rollte sie zusammen und steckte das Päckchen in die Brusttasche seines Jacketts. Irgendwie war diese Geste unglaublich vertrauenerweckend.

»Ich tue, was ich kann, Katzenfrau. Aber denken Sie daran, ich habe keinen Zugriff auf den Computer mehr. Oder auf die Unterlagen. Ich rufe nur ein paar Leute an und sehe, was ich herausbekommen kann.«

»Danke«, sagte ich.

»Macht Sie die Sache fertig?«

»Sehe ich so aus?«

»Sie sehen müde aus.«

»Das bin ich auch ... und ich habe Angst.«

»Geht es uns nicht allen so?« bemerkte Rothwax.

Das Sandwich wurde serviert. Wir nahmen jeder eine Hälfte.

»Sind Sie heute abend zu Hause?« fragte er.

»Ja.«

»Ich melde mich im Laufe des Abends bei Ihnen.«

»Wenn ich weg muß ... sprechen Sie es einfach auf den Anrufbeantworter.«

Er nickte. Dann sagte er: »Wie wär's mit einem Brandy?«

»Nein, danke.«

»Macht es Ihnen was aus, wenn ich einen trinke?«

Ich lächelte, faßte über den Tisch und tätschelte seine Hand, wie das sehr alte Menschen häufig tun. Ich werde wirklich alt, dachte ich.

Wir saßen daheim und warteten auf den Anruf – Bushy, Pancho und ich.

Oh, Tony war auch da, doch die Spannungen zwischen uns hielten an, also kamen wir einander nicht zu nahe – ließen einander Freiraum, wie es so schön heißt.

Aus irgendeinem Grund holte ich an jenem Abend mein Album mit den Zeitungsausschnitten hervor, das ich nie gewissenhaft in Schuß gehalten hatte. Ich las mir etliche Kritiken über Stücke und meine Darstellung durch. Die besten waren noch immer die Kritiken meiner Shakespeare-Rollen im Guthrie-Theater in Minneapolis – bevor ich nach New York kam. Einer der Kritiker schrieb, er würde seine Scheune verwetten, daß ich eine der *Grand dames* des amerikanischen Theaters werden würde. Ich muß ihn beeindruckt haben. Wie es aussah, hatte er die Scheune schon verloren. Über meine Talente als Catsitterin gab es keine Kritiken, obwohl ich sicher war, daß ich auf diesem Gebiet mittlerweile zur *Grand dame* der Katzenbetreuerinnen von New York City avanciert war. Das war wahrscheinlich auch der Grund dafür, daß ich keine Aufträge mehr bekam – die Katzenbesitzer waren von meinem Ruf so eingeschüchtert, daß sie sich nicht nach meinem Honorar zu fragen trauten.

Um genau zwanzig vor elf läutete das Telefon.

Einmal. Zweimal. Schrill. Meine Katzen spitzten die Ohren.

»Also, heb schon ab!« sagte Tony.

»Nein!«

Ich weiß nicht, warum ich den Hörer nicht abnahm. Vielleicht fürchtete ich, daß Rothwax nichts herausbekommen hatte. Vielleicht wollte ich alles auf Tonband haben.

Jedenfalls sprang nach dem vierten Läuten der Anrufbeantworter an. Meine eigene Stimme ertönte. Dann hörte ich mir Rothwax' Nachricht an.

Gott segne Detective Rothwax. Die Nachricht war eine der längsten, die ich je erhalten habe. Fast sieben Minuten. Und er hatte es mit Bravour geschafft.

»Spiel es ab, Tony«, sagte ich, als Rothwax aufgelegt hatte.

»Spiel es noch einmal, Tony«, sagte ich.

Ich hörte mir die Nachricht sechsmal an. Und mindestens ebenso oft brachte sie etwas in mir zum Klingeln.

Er hatte folgendes herausgefunden:

Der Knopf, den ich ihm gegeben hatte, gehörte zu einer Sammlung, die zusammen mit seltenen Münzen und Porzellan vor etwa acht Monaten aus einer noblen Wohnung am Central Park gestohlen worden war.

In den letzten drei Jahren hatte es etliche solche Einbrüche in bestens gesicherte Gebäude am Central Park West und Central Park South gegeben.

Die Einbrüche hatten ebenso plötzlich aufgehört, wie sie angefangen hatten.

Man wußte nicht, wer die Diebe waren, und hatte sie nie gefaßt.

Sie waren verblüffend genau darüber informiert, wann die Wohnungsbesitzer außer Haus waren, und hatten daher, sobald sie drinnen waren, jede Menge Zeit. Und sie waren gründlich – sie nahmen von den gut versicherten Gegenständen mit, was sie wollten, und verschwanden dann spurlos.

Es waren mehrere, aber niemand weiß, wie viele Leute tatsächlich an den Diebstählen beteiligt waren.

Bei einem der Einbrüche befand sich ein Wachhund in der Wohnung. Sie gaben dem Hund Hackfleisch mit Betäubungsmittel. Leider war der Hund allergisch gegen das Sedativum und starb.

In einem anderen Fall war in einer der Wohnungen, die ausgeräumt wurden, eine alte Frau mit einem schwachen Herzen. Sie erlitt einen Herzanfall und starb.

Aber da diese beiden Vorfälle offenbar Pannen waren und nicht zur üblichen Vorgehensweise der Diebe zählten, lautete die Anklage nur auf Einbruch und schweren Diebstahl.

Die Polizisten nannten die Verbrecher »Schneewittchen und die sieben Zwerge«, weil sie schnell, sauber und gewaltlos vorgingen.

Das ist der Kern der Story, die Detective Rothwax auf meinen Anrufbeantworter sprach. Er entschuldigte sich noch dafür, daß er mir nicht den Namen und die Adresse des Besitzers der Sammlung besorgen konnte. Und er schloß mit: »Viel Glück bei der Jagd, Katzenfrau.«

Nach diesem Anruf muß ich wohl eine Stunde lang in der Wohnung auf- und abgegangen sein. Meine Synapsen glühten.

Tony sagte immer wieder: »Beruhige dich.«

Pancho und ich marschierten immer wieder aneinander vorbei.

»Ich verstehe nicht, warum du dich so aufregst«, sagte Tony. »Für mich hat der Anruf deines Freundes überhaupt nichts zu bedeuten. Ich meine, du wußtest doch, daß der Knopf wahrscheinlich Teil einer Sammlung war. Knopf ... Knopf ... wer hat den blöden Knopf? Woher stammt er? Wen interessiert das?«

»Mich interessiert es.«

»Warum? Er wurde gestohlen.«

»Mich interessiert es, wem der Knopf gehört hat und wer ihn gestohlen hat.«

»Dabei kann dir Rothwax offensichtlich nicht helfen.«

»Das kann ich selbst tun«, sagte ich. Und ich gab ihm zu verstehen, daß er still sein solle.

Ich ging zum Kühlschrank und nahm einen halben Riegel Bitterschokolade heraus. Ich aß sie. Der Wirbel in meinem Kopf legte sich. Ich konnte mich wieder konzentrieren. Ich wußte, was ich jetzt tun mußte.

»Wir gehen zu Felix und Alison hinüber«, verkündete ich.

»Jetzt? Es ist nach Mitternacht.«

»Eine gute Zeit für einen Besuch«, erwiderte ich.

»Aber wozu?«

»Um ein paar Zeitschriften zu lesen.«

»Wunderbar!« rief Tony, als sei die ganze Welt verrückt geworden.

Felix öffnete die Tür seines Sandsteinhauses in der Barrow Street.

»Ist etwas passiert?« fragte er besorgt, als könne nur ein Notfall so einen unangekündigten Besuch zu dieser nächtlichen Stunde erklären.

»Dein Bademantel ist sehr schön, Felix«, bemerkte ich und ging an ihm vorbei in den Flur und dann in den Raum, den man früher einmal Salon nannte – wo sich meine Nichte gerade ein Video mit einem alten Gangsterfilm mit Raf Vallone ansah.

»Hast du Popcorn mitgebracht?« fragte sie.

»Alison, hast du noch immer die *Vogue* abonniert?«

»Selbstverständlich, Tante Alice. Ein Supermodel, das etwas auf sich hält, muß stets die aktuelle Ausgabe da haben.«

»Nun, meine Liebe, ich brauche nicht die aktuelle Ausgabe. Ich brauche alte Ausgaben.«

»Wie alt?«

»Alle alten, die du noch hast, Alison.«

Sie zuckte die Achseln. »Felix und ich bemühen uns, aber wir kommen mit der Altpapiersammlung nicht besonders gut klar. Also stapelt sich hier immer das Papier und die Zeitschriften. Ich habe auch Unmengen alte Exemplare von *W* und *Harper's Bazaar* und ... ich weiß nicht mehr, was noch alles.«

»Wo bewahrst du sie auf?« fragte ich. Tony verdrehte die Augen, als wäre es unfaßbar, daß wir nach Mitternacht bei anderen Leuten hineinplatzten, um alte Modehefte zu lesen.

»In der Küche, neben der Hintertür«, erwiderte sie. »Setz dich, Tony. Entspanne dich. Sieh dir den Film an.« Tony nahm vorsichtig Platz. Felix winkte uns zu und stieg die Treppe hinauf um schlafenzugehen.

Ich begab mich in die Küche und sah die Zeitschriften, die gefährlich wackelig auf einem kleinen Klapptisch neben dem Mülleimer aufgestapelt waren.

Ich ackerte sie mit fast wütender Energie durch. Ich wußte nicht, nach wem ich suchte, aber ich wußte sehr wohl, nach *was* ich suchte.

Zwei Stunden später trat ich wieder in den Salon.

Alison lag tief und fest schlafend auf dem Sofa.

Tony war halb wach und sah sich mit zusammengekniffenen Augen im Fernsehen irgendwelche fremdsprachigen Nachrichten an.

»Wie ist es gelaufen?« krächzte er.

»Gut. Wir sind drauf und dran, einen Mörder zu fangen.«

»Kann das nicht bis morgen warten?«

»Es eilt nicht, Tony. Außer, du hast etwas gegen Leichen ... wie ich.«

Und auf einmal überkam mich ein Gefühl der Zärtlichkeit für Tony. Ich strich ihm mit der Hand durch das Haar. Tony hob den Kopf. Jede noch so leise Aussicht auf Liebe machte ihn stets sofort munter.

»Sag einmal, Tony, hieltest du es für angemessen, wenn Felix am Sonntagabend eine Soiree gäbe, um all den Menschen zu danken, die Alison und mich zu Weltklasse-Models machen?«

»Das ist etwas kurzfristig.«

»Soviel steht fest.«

»Wird der Mörder auch da sein?«

»Mit Sicherheit, Tony.«

»Wird der Mörder vor oder nach dem Kaffee sein Geständnis ablegen?«

»Nachdem er die Jeansweste mit den Fischbein-Knöpfen gesehen hat. Und er wird wirklich ein Geständnis ablegen. Er wird versuchen, diejenige, die sie trägt, umzubringen.«

»Und wer könnte das wohl sein?« fragte Tony.

»Ich.«

KAPITEL 14

Sonntag ist ein guter Tag für eine Party, hatte mir vor kurzem jemand gesagt. Wer immer es war, er sagte auch, daß die Menschen in Manhattan jetzt nicht mehr wie früher am Samstagabend ausgehen, sondern am Donnerstag. Was tun sie am Samstagabend? fragte ich. Sie laden Leute zu sich ein, lautete die Antwort.

Die Party von Felix und Alison – insgeheim *meine* Party, da ich sie dazu gebracht hatte, sie zu geben – war sehr gut besucht. Die gesamte Besetzung war erschienen – die Collins-Schwestern mit Julia, ihrer Verkäuferin, und Samathas Bewunderer, Sidney Rickover, sowie Hector, Lainie Wiegel, Brewer Bloodworth, der frei hatte, weil das Restaurant sonntags geschlossen war, alle Models von der letzten Foto-Session in meinem Loft, Fliss, Hedy und mindestens ein Dutzend Leute, die ich nicht erkannte.

Zweifellos waren Fliss und Hedy für all die ungewöhnlich schönen Menschen verantwortlich, die Unmengen Alkohol in sich hineingossen und über das Büffet herfielen. Sie alle schienen total ausgehungert zu sein.

Felix hatte sich selbst übertroffen. Der genau »richtige« Partyservice servierte mehr als zwanzig verschiedene Arten von warmen und kalten Häppchen und fast ebensoviele Sorten Käse. Und das Personal – schmächtige junge Leute in weißen Schürzen – sorgte dafür, daß kein Glas länger als einen Atemzug leer blieb.

Ich trug die Jeansweste mit den Fischbein-Knöpfen und spazierte mit dem Champagnerglas in der Hand zwischen den Gästen herum. Ich weiß, mit dieser seltsamen Jeanscreation über meinem schönen schwarzen Kleid sah ich ziemlich doof aus, doch dezente Eleganz war heute nicht gefragt.

Die Collins-Schwestern lächelten und winkten mir zu, und ebenso der liebeskranke Anwalt, den Samantha im Schlepptau hatte. Ich merkte, daß sich Grace Ann über meine Weste lustig machte.

Diesen Abend hatte ich dem Knochenbau meiner Nichte zu verdanken. Unwillkürlich mußte ich denken, daß diese Leute einer Einladung von mir niemals Folge geleistet hätten. Nein. Alisons Jugend und ihr tolles Aussehen – und die Tatsache, daß man darauf spekulierte, daß sie bald berühmt sein würde –, hatte sie heute hierhergebracht. Außerdem waren dreiviertel der Verdächtigen wütend auf mich.

Ich sah, wie Hector den Küchenchef und Kredithai aus New Orleans grüßte. Bei Schlägereien hatte ich schon freundlichere Worte gehört. Sie waren wohl die einzigen Leute im Raum, die einander nicht mit Küßchen begrüßt hatten.

Mein Gott, und ich hatte geglaubt, die Theaterleute wären schon sehr schlimm. Ich hatte heute genug Geknutsche und Umarmungen für den Rest meines Lebens gesehen.

Auf der anderen Seite des Raumes entdeckte ich Lainie, Niles' Witwe. Sie trug ein leuchtend rotes Kleid mit einer Diamantbrosche in Form eines Pferdekopfes und sah umwerfend aus. Sie flirtete heftig mit einem jungen Mann, den ich nicht kannte. Er war einer der wenigen Männer, die mit einem Dreitagebart genau richtig aussehen. Ich mußte mich zwingen, nicht ständig auf sein Kinn zu starren.

Es war wohl eine ziemlich fröhliche Party.

Nur Tony war verdrießlich. Er hielt sich im Hintergrund, an der Wand, als suche er den Schatten, um sich darin zu verstecken. Ich wußte, was in ihm vorging. Er konnte nicht akzeptieren, daß Penny Motions Freunde sie bereits vergessen hatten. Sie hatten die lebendige Penny vergessen. Und sie hatten die tote Penny vergessen. Doch Tony verstand das nicht. Genau davon lebte die Modewelt schließlich – vom Vergessen. Und vom Wiedererinnern.

Irgend jemand hatte die ersten Abzüge der Fotos dabei, die in meinem Loft aufgenommen worden waren, und sie wurden unter »Ohs« und »Ahs« herumgereicht.

Ich warf einen Blick auf ein Foto von mir und kam mir vor wie ein Idiot.

Plötzlich flüsterte mir jemand von hinten ins Ohr: »Bist du sicher, daß sie hier ist?«

Ich drehte mich um. Es war Tony.

»Von wem redest du?«

»Von der Mörderin.«

»Woher weißt du, daß es eine Frau ist?«

Er gab mir durch ein Zeichen zu verstehen, daß ich mich mit ihm an die Wand zurückziehen solle. Ich tat es. »Ich weiß nicht mit Sicherheit, daß es eine Frau ist. Ich weiß überhaupt nichts, weil du mir ja nichts erzählst«, sagte er verbittert.

»Du führst nur deinen Auftrag aus«, ermahnte ich ihn. Er starrte mich finster an. Dann wurde sein Gesicht weich, und er spielte mit einem der Knöpfe an meiner Weste.

»Du siehst zum Anbeißen aus, Schwedenmädel«, sagte er.

»Für dich Alice, Tony. Nicht Schwedenmädel. Erinnerst du dich?« Aber ich wartete nicht, bis er ja sagte. »Es ist halb zehn, Tony. Nur noch neunzig Minuten.«

»Müssen wir einen Uhrenvergleich anstellen? Was soll dieser Kommandoton?«

»Hol dir etwas zu essen«, sagte ich und schlenderte davon.

Ich spazierte weiter zwischen den Gästen umher und stellte meinen schlechten Geschmack zur Schau.

Hector trat mit seinem unverbindlich-verführerischen Lächeln auf mich zu.

»Schau einer an, wer da ist ... die schöne Alice! Hallo. Ihr Ensemble ist recht interessant, Alice ... ziemlich abenteuerlich. Darf ich sagen, daß Sie heute abend reizend aussehen?«

»Wer könnte Sie davon abhalten, Hector?« antwortete ich und setzte meine Version eines gekünstelten Lächelns auf. Ich war wohl noch immer zornig auf ihn wegen dieses gestohlenen Kusses im Fitneß-Studio. Doch gleichzeitig erweckte Hector in mir den Wunsch, Groucho Marx zu sein. Und Harpo auch. Ich hätte viel dafür gegeben, das Gesicht des aalglatten, verführerischen Hector zu sehen, wenn ich meine groteske rote Perücke hervorzog und ihm mit meiner Fahrradhupe ins Gesicht hupte.

»Ich habe gehört, Sie haben meinen alten Freund Brewer kennengelernt«, fuhr Hector fort.

»Ja«, sagte ich. »Das stimmt. Obwohl ich mich nicht erinnern kann, daß er das Wort ›Freund‹ verwendet hat, als er Ihren Namen erwähnte. Sie und Niles haben sich mit Mr. Bloodworth ziemlich zerstritten, nicht wahr?«

»Tatsächlich? Das alles scheint schon so lange her zu sein. Ich finde, man sollte nicht in der Vergangenheit leben, sondern in der Gegenwart.«

»Schön für Sie, Hector«, sagte ich boshaft. »Ich nehme an, das bedeutet, daß Ihr Freund Niles inzwischen auch nur noch eine Erinnerung ist.«

»Das würde ich nicht sagen. Noch nicht.«

»Und was ist mit seiner Frau? Lainie. Ist sie für Sie Vergangenheit oder Gegenwart? Sie sieht heute abend auch reizend aus – finden Sie nicht?«

Er schenkte mir ein sphinxhaftes Lächeln.

»Lainie ist doch für Sie nicht nur eine Erinnerung, nicht wahr, Hector?«

Schweigen.

Hector war wirklich ein Profi. Ich wußte, ich hatte keine Chance, ihn dazu zu bringen, irgend etwas Belastendes zu sagen, aber ich mußte es noch ein letztes Mal versuchen. »Haben Sie und Lainie das schon die ganze Zeit geplant? Oder ist sie das Hirn und Sie sind nur der –«

Nur der was? Ich wußte nicht, wie ich den Satz beenden sollte, ohne unverzeihlich vulgär zu werden.

»Oh, sehen Sie mal, Alice«, sagte er ruhig und blickte auf die andere Seite des Zimmers. »Da sind die Ballingers. Ich muß hingehen und sie begrüßen. Entschuldigen Sie mich bitte, ja?«

Ich ging zu einem Tisch und hielt nach einem Hors d'œuvre Ausschau, das ich noch nicht gekostet hatte. Ich hatte bereits einen ganzen Berg geräucherten Lachs und Tausende von den Dingern gegessen, die aussahen wie kleine, mit warmem Ziegenkäse gefüllte Heuballen. Delikat, aber ich mußte etwas Neues probieren. Schließlich entdeckte ich eine neue Köstlichkeit – etwas mit Basilikum und Korianderblättern.

Um halb elf begann ich mich von jedem einzelnen, den ich kannte, und auch von vielen, die ich nicht kannte, zu verabschieden. Alle waren jetzt von dem einen oder anderen Stoff angenehm besäuselt. Fliss hielt im Salon Hof, und als er sah, daß ich gehen wollte, packte er mich; er hielt mich etwa zwölf Minuten fest und erzählte mir von seiner Schulzeit in irgendeiner trostlosen englischen Industriestadt – vielleicht Sheffield. Das einzige, was ich eindeutig herausfand, war, daß es nicht Liverpool war, die Stadt, aus der – wie ich selbst wußte – die Beatles stammten.

Als ich mich von Mr. Bloodworth verabschiedete, dem Lieblings-Kredithai aller Anwesenden, sah er mich von oben bis unten an, als sei ich ein Hüftsteak, und gab mir dann die Hand, als würden wir uns nie wiedersehen. Das machte mich nervös.

Ich verließ das Sandsteinhaus und begab mich auf den Heimweg. Bis zu meiner Wohnung waren es nur ein paar Häuserblocks. Ich ging sehr langsam und bemühte mich, möglichst unbekümmert zu schlendern.

Die Straßen waren leer. Es war nur ein bißchen kühl. Ich knöpfte mir den obersten Westenknopf zu.

Als ich einen halben Häuserblock von meinem Wohnhaus entfernt war, verlangsamte ich meine Schritte noch mehr.

Mir kam der Gedanke, daß diese ganze ausgeklügelte Falle mit den Knöpfen lächerlich war ... daß ich mich zum Narren gemacht hatte. Nicht zum ersten Mal.

Ich begann in meiner Tasche nach den Schlüsseln zu kramen.

In diesem Augenblick knallte direkt neben meinem Gesicht der Deckel einer Mülltonne an die Mauer. Mit einer solchen Wucht, daß mein Trommelfell zu platzen schien.

Ich taumelte. Der Deckel hüpfte neben mir klappernd auf und ab wie ein Hündchen.

Irgend jemand packte mich an den Haaren und riß

meinen Kopf nach hinten. Ich sah das Gesicht eines Mannes. Ich kannte ihn, aber ich wußte nicht, wer es war.

Irgend etwas funkelte in seiner Hand; ich sah, daß es ein Messer war. Ich empfand keine Angst, weil sich mir der Kopf drehte.

Der Mann sagte irgend etwas, er wiederholte es immer wieder, aber ich konnte die Worte nicht verstehen. Es klang wie ein Gedicht oder ein Mantra.

Dann setzte er mir das Messer an die Kehle. Jetzt hatte ich Angst. Und ich verstand auch, was er sagte. Ich versuchte, zu schreien, aber ich konnte nicht.

»Du Mörderin, du Schlampe ... du gehörst zu ihnen ... du Mörderin, du Schlampe ... du gehörst zu ihnen.« Immer wieder.

Plötzlich stand Tony hinter ihm. Ich konnte sehen, wie Tony beide Fäuste auf den Rücken des Mannes hinuntersausen ließ. Einen Augenblick später lag der Angreifer neben mir auf dem Boden. Das Messer fiel ihm aus der Hand.

Tony wollte wieder auf ihn losgehen.

»Hör auf! Hör auf!« schrie ich.

Tony fluchte, hörte aber auf.

»Bist du okay? Soll ich den Rettungsdienst holen?»

»Nein, Tony, nein. Gib mir nur eine Minute Zeit. Ich bin etwas benommen, aber mir fehlt nichts.»

Tony stieß mit dem Fuß das Messer weg.

Ich starrte hinunter auf den stöhnenden Mann, der Tonys Bein fest umklammert hielt.

Und stellte zu meiner großen Überraschung fest, daß ich auf den sanften, liebeskranken Anwalt blickt – auf Sidney Rickover.

Er war der letzte Mensch auf der Welt, von dem ich geglaubt hätte, daß er etwas mit den Morden an Niles und Penny – oder mit den Einbrüchen – zu tun hatte.

Und aus irgendeinem Grund empfand ich keinen Zorn auf ihn. Überhaupt keinen. Nur Neugier.

Ich kniete neben ihm nieder. »Warum haben Sie mich so beschimpft?»

Er starrte mich wütend an und atmete schwer.

»Bitte, sagen Sie es mir. Warum haben Sie mich eine Mörderin genannt?»

»Du und deine Freunde – ihr habt sie umgebracht. Ihr habt sie auf dem Gewissen, genauso, als hättet ihr ihr ein Messer ins Herz gestoßen. Sie hätte eigentlich in jener Woche gar nicht in New York sein sollen. Aber sie war zu krank, um zu verreisen.»

Ich stand auf.

»Wovon redet er?» fragte Tony wütend.

»Ruf die Polizei, Basillio.»

Er ging zum Telefonautomaten an der Ecke. Dann kam er eilig wieder zurück. Doch Rickover versuchte gar nicht zu fliehen.

»Weißt du noch, was uns Rothwax erzählt hat, Tony? Auf dem Anrufbeantworter. Von der schwachen alten Frau, die bei einem dieser Einbrüche ums Leben gekommen ist?»

»Ja, ich erinnere mich.»

»Das war Sidneys Mutter. Ist es nicht so, Mr. Rikkover?» fragte ich den Anwalt.

Er nickte mit Tränen in den Augen.

»Seine Mutter!» wiederholte Tony. »Woher weißt du das?»

»Nun, es muß die Mutter – oder Großmutter oder Tante oder die alte Kinderfrau – was immer – von jemandem gewesen sein, der in diesen Fall verwickelt ist. Schau, es ist eigentlich gar nicht so kompliziert, Tony. Während reiche Frauen bei den Collins-Schwestern Brautkleider, Kleider für die Brautmutter und so weiter anprobierten, plünderten der bezaubernde

Hector und seine Freunde – ohne daß die Collins-Kundinnen davon wußten – die Nachbarwohnungen. Als ich mir die Modezeitschriften durchsah und die Namen der Frauen, die die Collins-Schwestern ausgestattet hatten, mit dem Telefonbuch verglich, stellte ich fest, daß praktisch alle in der Gegend wohnten, in der die Einbrüche stattfanden.

Es war ein leichtes für sie, hineinzukommen, sich die Gebäude anzusehen, Leute vom Hausservice zu bestechen und rechtzeitig wieder draußen zu sein, weil Hector immer zum Gefolge der Collins-Schwestern gehörte. Sie begingen die Diebstähle, um das Geld zurückzuzahlen, das sie von einem Kredithai geborgt hatten – von Brewer Bloodworth.»

In meinem Kopf begann es sich erneut zu drehen. Ich hielt mich an Basillio fest, um das Gleichgewicht wiederzuerlangen. Dann wurde mein Kopf wieder klar.

»Durch die Freundschaft mit Samantha konnte Rickover herausfinden, daß Hector und Niles diejenigen waren, die in die Wohnung seiner Mutter eingebrochen waren und ihren Tod verschuldet hatten. Ich weiß nicht, wie er es herausbekam – vielleicht hat er jemanden engagiert, vielleicht ist er zufällig darauf gestoßen, oder vielleicht hat er die Wahrheit auch einfach erraten, als er sah, wie die Collins-Schwestern arbeiteten – und wie sich sein Verdacht bestätigte.

Doch sobald er es mit Sicherheit wußte, schritt er zur Tat. Er war nicht an Gerechtigkeit interessiert. Nur an Rache. Niles brachte er mit der Mandelpaste um. Penny ermordete er, weil er in ihrem Atelier diese Knöpfe sah – er erkannte sie, weil sie seiner Mutter gehört hatten – und dachte, daß Penny an den Einbrüchen beteiligt gewesen wäre. Ich glaube nicht unbedingt, daß das der Fall war, aber das können wir nicht mit Gewißheit sagen. Ich nehme an, Hector gab ihr die Knöpfe einfach, weil er sie, wie Felix meinte, nicht so leicht verhökern konnte. Mich versuchte Sidney zu ermorden, weil er mich heute abend in dieser Jeansweste mit den Knöpfen sah. Und hätten wir ihn heute nacht nicht gestoppt, hätte er sicher auch noch Hector umgebracht.«

Ich blickte wieder hinunter auf Rickover. Seine Augen waren geschlossen. Er wirkte vollkommen am Boden zerstört. »Gut möglich«, sagte ich, »daß der Mann total verrückt ist.«

Ein Streifenwagen hielt an. Eine Menschenmenge sammelte sich um uns. Wir gingen alle zur Polizeistation. Sie nahmen Tonys und meine Aussagen zu Protokoll. Sidney wurde in Haft genommen. Ich lehnte ärztliche Versorgung ab. Ich erfuhr, daß Rickover, bevor er ins Gefängnis kam, in die Notaufnahme gebracht wurde, wo seine Rippen geröntgt wurden.

Tony und ich kamen um drei Uhr in meinen Loft zurück. Trotz unserer Blessuren hatten wir einen Triumph zu verbuchen.

Das dachten wir zumindest, als wir um drei Uhr früh mit meiner letzten Flasche Courvoisier – die mir Felix vor einigen Monaten geschenkt hatte – auf unsere brillante Falle tranken.

Der Schock kam sechs Stunden später. In der Person von Detective Stark. Der Triumph platzte wie eine Seifenblase.

KAPITEL 15

Detective Stark kam um neun Uhr früh unangekündigt in meinen Loft, wo er zwei kerngesunde Katzen, Tony und mich antraf. Tony hatte sich am Rücken verletzt, als er Sidney Rickover überwältigte, und bewegte sich steif wie ein Zinnsoldat.

Stark lehnte den Kaffee und den Stuhl, den wir ihm anboten, ab. Er blieb an der Tür stehen.

»Ich habe von dem Vorfall heute nacht gehört und Ihre Aussage gelesen«, sagte er. Dann fuhr er, an Tony gewandt, fort: »Und Ihre ebenfalls.«

Ich beschloß, großzügig zu sein, weil ich sicher war, daß er gekommen war, um sich dafür zu entschuldigen, daß er mir nicht geglaubt hatte, daß Niles ermordet worden war, und daß er keinen Finger gerührt hatte, um mir zu helfen.

Doch er war nicht gekommen, um sich zu entschuldigen.

»In Ihrer Aussage bezichtigen Sie Mr. Rickover zweier Morde. Mit einem davon bin ich natürlich vertraut.«

»Ja, das weiß ich.«

»Das Problem ist … Sie liefern keinen einzigen handfesten Beweis. Sie erzählen eine schöne Geschichte. Es klingt alles sehr gut. Aber so arbeiten wir nicht. Haben Sie irgendeinen konkreten Beweis dafür, daß Rickover die Morde begangen hat?«

»In der Aussage steht alles, was ich über diesen Fall weiß.«

»Nun, das ist zu wenig.«

Zornig unterbrach Tony den Dialog. »Dann vergessen Sie die beiden Morde! Klagen Sie den Hundesohn wegen des Mordversuchs an Alice Nestleton an. Sie haben einen Augenzeugen. Ich war dabei.«

»Das ist ebenfalls ein Problem«, sagte Detective Stark sanft.

»Ein Problem, Detective? Wieso sollte das ein Problem sein?« fragte ich, plötzlich sehr nervös.

»Nun, Mr. Rickover behauptet, daß Sie ... daß Sie ... nun ja, ihm etwas angeboten hätten.«

»Was denn?«

»Sex. Er behauptet, Sie hätten ihm gegen Geld Sex angeboten. Prostitution. Er behauptet, er habe Ihr Angebot abgelehnt, Sie hätten sich aufgeregt und seien mit dem Deckel einer Mülltonne auf ihn losgegangen. Er sagt, Sie hätten gedroht, ihn umzubringen. Worauf er zur Selbstverteidigung das Messer gezogen hätte.«

Tony und ich starrten einander ungläubig an.

»Ich wollte Ihnen nur mitteilen, was geschehen ist«, sagte Stark.

Er drehte sich um und wollte gehen.

»Einen Augenblick«, sagte ich. »Zu Ihrer Information, ich gehe normalerweise nördlich der Innenstadt auf Freiersuche. Aber Mr. Rickover war einfach reif dafür, das konnte ich mir nicht entgehen lassen. Sie wissen, was ich meine, oder?«

Stark schloß leise die Tür hinter sich.

Ich saß wie betäubt auf dem Sofa.

»Nun«, bemerkte Tony, »du hast heute nacht gesagt, Rickover ist total verrückt. Du hast dich geirrt, nicht wahr? Er ist nicht nur total verrückt, sondern auch schlau. Der Typ ist mit allen Wassern gewaschen.«

»Inzwischen läuft er wahrscheinlich wieder frei herum.«

»Wahrscheinlich, Schwedenmädel. Und an Hectors Stelle würde ich mir sehr große Sorgen machen«, meinte Tony und ließ sich dann ganz vorsichtig neben mir auf dem Sofa nieder.

Es war komisch. Jetzt, wo ich hier zu Hause – und in Sicherheit – war, stieg die Angst vor Rickover in mir hoch, die ich während seines Angriffs gar nicht gespürt hatte.

Mir war plötzlich kalt. Ich holte mir eine Decke und ging wieder zurück zum Sofa. »Warum hat er nicht als ersten Hector umgebracht? Das würde einen Sinn ergeben. Wahrscheinlich war er der Kopf der Diebsbande. Und wahrscheinlich ist er Rickover bei Samantha ständig in die Quere gekommen.«

Tony antwortete: »Nun, wenn der Typ verrückt ist, glaubt er wohl, daß viele Leute in Hectors Bande waren. Wenn er ihn gleich umbringt, wird er nie herausbekommen, wer all die anderen waren. Schau … dich hielt er doch ebenfalls für ein Bandenmitglied. Die blutrünstige Alice.« Tony lachte über seinen kleinen Scherz und krümmte sich vor Rückenschmerzen.

»Nein«, erwiderte ich. Ich fand es plötzlich total befremdend, daß Sidney den Schlimmsten von allen verschont hatte.

Es war sehr seltsam. Ich übersah irgend etwas. Ich war schwer von Begriff. Das hätte mir schon früher auffallen müssen.

Bushy spazierte vorbei. Tony faßte nach seinem Schwanz … und verfehlte ihn. Pancho flitzte die Südwand des Lofts entlang wie ein grell-grauer Blitz.

Dann spann ich laut meine Gedanken weiter: »Nein, er brauchte Hector nicht als ersten umzubringen. Weil

Hector unter Beobachtung stand. Hector war ihm praktisch sicher.«

»Wer beobachtete ihn denn?« fragte Tony. Dann setzte er sich kerzengerade auf. »Mein Gott! Du hast ihn beobachtet, Schwedenmädel – ich meine, Alice.«

»Und ob! Schließlich hat man mich ja *engagiert*, ihn zu beobachten.«

Ich kam mir vor wie ein Vollidiot.

Ich lehnte mich zurück und schloß die Augen.

»Was wissen wir jetzt?« fragte Tony.

Eine köstliche, fast absurde Idee tauchte in meinem Kopf auf. Ich begann zu lachen.

»Was ist denn so lustig?«

»Würdest du gerne eine Szene mit mir spielen, Tony?«

»Wie in der Schauspielschule?«

»Genau.«

»Das ist schon lange her, nicht wahr?«

»Nun, es wird keine sehr schwere Szene werden – und auch keine sehr lange. Eine Art Kurzfassung von *Polizeirevier 21*.«

»Bekomme ich die Rolle von Kirk Douglas?«

»Er hat im Film gespielt, Tony. Ich rede vom Theaterstück.«

»Wir sind beide ein wenig zu jung, um diese Inszenierung gesehen zu haben.«

»Das macht nichts. Du hast keine Sprechrolle.«

»Keinen Text! Deine Beleidigungen werden immer schlimmer. Aber, okay. Wo führen wir es auf? Hier?«

»Nein, Tony. In der Greene Street.«

»In der Greene Street, wie? Na schön. Hol schon mal den Türsteher, den alten Opa, und dann humpeln wir alle gemeinsam hinüber.«

Vierzig Minuten später stolperte unsere kleine Repertoiretheatergruppe aus dem heimtückischen Aufzug. Lainie Wiegel erwartete uns mit Bobbin auf dem Arm. Sofort wurde sie mir wieder sympathisch. Als junges Mädchen öffnete ich die Tür stets mit einer Katze auf dem Arm. Und der große Bobbin machte ein sehr leidendes Gesicht, als wolle er sagen: Seht ihr, was ich durchmachen muß? Seht ihr, was für eine wunderbare Katze ich bin? Wie viele Katzen von meiner Größe würden sich behandeln lassen wie eine Rinderkeule?

Tony und ich traten ein. Ich vergeudete keine Zeit damit, den Vorhang für unser kleines Stück aufzuziehen.

»Lainie, ich habe schlechte Nachrichten.«

Sie ließ Bobbin hinunter und verschränkte schützend die Arme vor der Brust, als wolle sie einen Schlag abwehren. Dann sah sie mich mißtrauisch und ängstlich an.

»Sidney Rickover wurde wegen Mordes an Penny Motion verhaftet«, fuhr ich fort. »Und in bezug auf den Mord an Ihrem Mann hat er Sie belastet. Wahrscheinlich will er damit für sich selbst einen Deal herausschlagen. Er sagte, er habe gesehen, daß Sie die Mandelpaste in die Pastete getan hätten.«

Sie schwieg ewig lange. Die Hände vor der Brust verschränkt, den Kopf leicht gebeugt, stand sie bloß da.

»Vielleicht sollten Sie sich lieber hinsetzen, Lainie«, schlug Tony vor.

Sie schüttelte den Kopf. Dann holte sie ganz tief Luft. »Ich bin gleich wieder da«, sagte sie.

Sie ging zu einem der riesigen begehbaren Wandschränke und verschwand darin. Gleich darauf tauchte sie wieder auf und kam zu uns herüber. Sie hatte etwas in der Hand.

Sie hielt es hoch. Es war eine wunderschöne Anstecknadel – ein Paradiesvogel aus echtem Silber mit Augen aus Diamanten. Sie war zweifellos wertvoll.

»Erinnern Sie sich an die?« fragte sie uns.

Tony sah sie verdutzt an.

»Nein«, sagte ich.

»Das«, sagte Lainie, »war der einzige Schmuck, den ich an jenem Tag trug.«

Sie drehte die Anstecknadel immer wieder in der Hand herum und schwieg.

»Ich will Ihnen jetzt die Wahrheit sagen«, sagte sie schließlich.

»Ich glaube, es ist wichtig, daß Sie das tun, Lainie«, antwortete ich.

»Ja. Die Wahrheit, Alice. Die ganze Wahrheit. Ich habe an jenem Nachmittag gesehen, wie Sidney Rickover den Deckel der Küchenmaschine hochhob und etwas in die Pastete gab. Ich fragte ihn, was er da tue. Er sagte, Niles hätte ihn gebeten, in die Küche zu gehen und die Pastete mit ein wenig Currypulver zu würzen. Er sagte, daß das gewisse Etwas fehle. Ich habe mir nichts dabei gedacht.«

Sie setzte sich hin, bevor sie weitersprach. Ihre Hände drehten wütend die Anstecknadel hin und her, doch ihre Stimme blieb ruhig.

»Danach ... ich meine, als herauskam, wodurch Niles gestorben war, stellte ich Sidney zur Rede. Ich sagte ihm, ich würde zur Polizei gehen. Ich flehte ihn an, mir zu sagen, warum er etwas so Furchtbares getan hatte. Ob er eine Ahnung gehabt hätte, was er da tat. Ob es ein makabrer Scherz hätte sein sollen. Oder ob er wirklich gewußt hatte, daß Niles daran sterben würde. Und warum, um Gottes willen.

Er antwortete mir, daß Niles ein Dieb und ein Mörder gewesen sei. Er zeigte auf diese Anstecknadel. Er sagte, sie sei bei einem Raubüberfall am Central Park West gestohlen worden. Bei einem von mehreren Raubüberfällen, an denen Niles beteiligt gewesen sei.

Nur daß bei diesem speziellen Raubüberfall eine alte Frau ums Leben gekommen sei. Er sagte, sollte ich irgend jemandem irgend etwas darüber erzählen, würde er dafür sorgen, daß ich als Komplizin bei den Raubüberfällen und dem Mord verhaftet und verurteilt würde. Zuerst dachte ich, er sei verrückt, und das sagte ich ihm auch. Doch dann erklärte er, er hätte Beweise. Beweise, daß Niles und Hector Mitglieder einer Bande von Dieben gewesen seien. Und er fragte mich, ob mir Niles je Geschenke gemacht hätte. Ich sagte, ja, natürlich. Niles hat mir oft etwas geschenkt. Sidney sagte, ich solle den ganzen Schmuck holen, den ich von Niles bekommen hatte. Er hat jedes einzelne Schmuckstück als Diebesgut identifiziert. Er sagte, ich solle den Mund halten und genau das tun, was er mir auftrug, oder ich käme ins Gefängnis und würde den Loft verlieren, alles verlieren.

Und zuletzt sagte er, ich solle Sie engagieren ... Sie auf Hector ansetzen ... und Hector als Niles' Mörder belasten.«

Dann begann sie zu weinen. Es fing ganz langsam an, steigerte sich aber, bis sie von heftigem Schluchzen geschüttelt wurde. Es gab nichts, was wir im Augenblick für sie tun konnten.

»Ruf Detective Stark an«, sagte ich zu Tony.

An jenem Tag taten Tony und ich nur noch eines. Mit Lainies Erlaubnis steckten wir Bobbin in einen Karton und brachten ihn zurück in die Boutique der Collins-Schwestern.

Samantha war im Obergeschoß und spielte Cembalo. Wir ließen Bobbin mitten unter den Kleidern aus Chiffon, Spitze und feinem schwarzem Jersey frei. Julia, die Verkäuferin, öffnete die Tür, die zu den Wohnräumen der Collins-Schwestern führte. Und wir sahen alle zu, wie der große, alte Kater die Stufen hinaufsprang – nach Hause. Warum sollte er nicht zu Hause leben? Hector, der Dieb, würde sehr lange Zeit nicht mehr hier auftauchen.

Dann gingen Tony und ich in ein Pub in Chelsea, um zu feiern. Er brachte einen Toast aus: »Auf unsere Schauspieltruppe und die kürzeste, wirkungsvollste Version von *Polizeirevier 21*, die jemals aufgeführt wurde. Und auf Joseph Wiseman, einen brillanten Schauspieler, der sowohl in der Bühnenfassung als auch im Film mitspielte.«

Ich mußte zugeben, es war angenehm, mit Basillio hier zu sitzen, etwas zu trinken und einfach über die alten Zeiten zu plaudern.

Doch ich konnte nicht sehr lange bleiben.

»Bleib doch noch hier, Schwedenmädel!« protestierte Tony, als ich von meinem Barhocker kletterte und ihn zärtlich auf die Wange küßte.

»Ich kann nicht, Tony«, sagte ich. »Ich muß nach Hause.«

»Warum?«

»Das geht dich nichts an, Tony.«

»Oh.«

»Also dann, bis bald, Tony.«

»Nur ganz kurz! Nur noch auf einen Drink, okay?«

»Nein«, sagte ich bedauernd.

»Also … schön. Aber ich habe noch eine Frage, die du beantworten *mußt*, bevor du gehst.«

»Und welche Frage ist das?«

»Wann darf ich dich wieder Schwedenmädel nennen, Alice?«

»Tony«, sagte ich lächelnd, »das hängt ganz von dir ab.«